Andrea Winkler

Hanna und ich

Literaturverlag Droschl

Denen,
die ihre Reste suchen gehen

Orte: eine Wohnung, ein Laden, ein Platz (eine Fläche), eine Wiese (ein Baum), eine Brücke (ein Geländer) – vielleicht aber auch nur der Zug oder das Fenster in ihm? Oder ein Karussell? Wüsst' ich's!

Figuren: Herr Emm, Rio, Lea, Hanna, ich – niemals *wirklich* genug, ich bedaure!

Die Geschichte: ist im Suchen begriffen. Immerhin!

Liebe Alle,

ich erinnere mich an Zugfahrten, Zugfahrten am frühen Nachmittag, am späten Abend, und, seltener, am Morgen. Immer war Ginster da, wenn ich zum Fenster hinaussah, egal, wohin ich fuhr, und kleine Lampen neben halb leer getrunkenen Gläsern, egal, in welchem Waggon ich saß. Manchmal schrieben schlecht gespitzte Bleistifte oder alte Füllfedern Buchstaben auf weißes Papier, sie riefen jemanden, oder trugen nach, wofür mir zuvor die Worte fehlten. Vielleicht fehlte vielmehr den Worten etwas oder jemand, zum Beispiel du. Leise! Tropft bitte ganz leise zum Du hin! *Ich drücke immer leicht die Kuppen meiner Mittelfinger auf die Ohren und schließe die Augen, aus lauter Lust, deine Stimme wieder zu hören. Ich habe vergessen, dir etwas zu sagen.* Ich erinnere mich noch genau an die Anrede, aber das Datum entfiel mir bestimmt damals schon, und der Ort zerrann unter meinen Fingerspitzen zu einem warmen Teich im Eck. Irgendwann, vielleicht weil der Ginster meinen Nacken kitzelte, was sonst, fuhr ich eine Station zu weit und ließ die warten, die mich abholen wollten. *Mein verträumtes Kind verpasst die Ankunft und den Ausstieg.* Wie hätte ich nicht weiterbummeln sollen, ganz im Rhythmus der Zugräder (eine Lokalbahn, glaubt mir, das reicht völlig), bis ans andere Ende der Welt? Ich dachte, darauf käme es an, auf die kleinen Bewegungen des Auges, die geschlossenen Lider und die Müdigkeit, mit der man den Abschieden trotzt. Wer nicht in der Lokalbahn zu weit fahren möchte, sollte gar keine Reise antreten! Aber in Erfahrung bringen, was dann geschehen kann, was geschehen kann, wenn du an der falschen Haltestelle aussteigst, allein, weil du woanders erwartet worden wärst? Das schon, das vielleicht. Das hier nämlich:

Plötzlich findest du dich in einem Zimmer wieder und magst und kannst nicht mehr hinausgehen. Das Zimmer hat eine Tür und ein Fenster, und noch ein paar andere Türen, aber nicht in der Wand, sondern immer woanders, an der Decke, im Boden, im Kastanienbaum, der dich zu sich lockt. Das ist alles, wenig und viel, je nachdem. Wenig, wenn man bedenkt, dass die Welt voll von Straßen ist, Gassen, Lokalen, Kinos, Bildungsanstalten und Supermärkten, und Menschen, wo du hinsiehst, Menschen, und viel, wenn man bedenkt, dass da unten, auf den Straßen, in den Gassen und Lokalen, da hinter dir, in den Bildungsanstalten und Supermärkten eine Automatenstimme zu dir spricht: *Es macht Spaß und ist ganz einfach.* Na dann! Dann nichts wie hinaus und keinen Schritt mehr zu weit gehen, nicht daneben steigen und rechtzeitig aus dem EuroCity Express in die Nacht hinaus springen, dem in die Arme, der noch nie gewartet hat. Keine Lokalbahn mehr, nie wieder, keine verpasste Ankunft, kein verabsäumter Ausstieg, kein verträumtes Kind, niemand, der warten kann! Was mich betrifft, ist es dafür zu spät. An den Hängen der Lokalbahn leuchtete der Ginster zu gut, ich fuhr zu weit, und wo ich jetzt bin, sammeln sich Fenster und Türen, wo keine sind. *Was ist passiert? Ich will das jetzt wissen! Und wer du bist!* Verkommener Anspruch, kann sein, deshalb leb ich jetzt auch da und such die Zugfahrten im Teich, der noch kälter werden kann und wo mich eine gewaltige Woge nach der andern aushebt. Herr Emm, wenn er lebte, sagte, man bräuchte Geduld und Ausdauer, aber auch Herr Emm kann umfallen, und dann herrscht fast Stille. Ich kann auch umfallen und hinfallen und immer in die gleichen Wörter hinein, die wenigen, die hier taugen, die Handlungen, die mich erzählen. Und ich verteidige mich mit ihnen, auf unsinnige Weise: Wenn es schon so ist, muss es auch so sein dürfen. Es ist wichtig, damit ich irgendwann wieder in die Lokalbahn steigen kann, dem Ginster glauben, und die Ankunft, den Ausstieg versäumen. Erfahren, wer Du bist, schöner hinfälliger Wunsch.

Diese Spiegelungen, die es unmöglich machen, das zu sagen, was zu sagen wäre. Die uns sperren und unser Bild löschen.

I.

Ich werde Hanna an der Hand nehmen müssen. Weil ich sie immer den Kopf senken sehe, ich sehe, wie sie den Kopf senkt, die Augen in den Teppich gräbt, die Finger einrollt. So sitzt sie dann, mitunter stundenlang, vergisst, dass es Zeit gibt, die vergeht und nie wieder kommt, und Dinge und Handlungen, die verschwinden und plötzlich nichts mehr bedeuten. Ich habe ihr das mehrmals gesagt, in unzähligen Varianten, nicht etwa nur in einer: Draußen schneit es, erinnerst du dich an den Winter? Oder: Wolltest du nicht längst wieder einmal eine halbe Nacht spazieren gehen und die Sterne sehen? Es geschieht nichts, Hanna sitzt da und schweigt, und wenn ihre Stummheit sich auf alle Dinge im Raum übertragen hat – (und wie sie dann größer werden, wehrloser, aber auch stärker) –, laufe ich allein die Treppe hinunter und lasse mir den Schnee auf der Stirn zergehen, eine Flocke nach der anderen. Ich würdige auch den Mond und werfe einen Blick auf Hannas Ladentür, aber all das ändert nichts: Hanna sitzt da und schweigt.

Was mit Hanna geschehen ist und geschieht, hat auch in mein Leben gegriffen, in alle meine Zimmer, meine kleinen Gewohnheiten und Vorlieben. Wenn im Sommer Regen fiel, hüpften wir manchmal wie Kinder auf der Straße oder wir fuhren, sobald der Boden trocken war, hinaus in den Wald, breiteten eine Decke unter Hannas Lieblingsbaum, packten das Essen aus und später Bücher. Was denkst du? Ich versenke die Wolke in mich: Du musst sie so lange ansehen, bis nur noch du und die Wolke auf der Welt seid. Und dann? Das verändert uns. Glaube ich, vielleicht auch nicht. Manchmal verschwindet Hanna, legt einen Zettel auf den Küchentisch: Wird noch einmal etwas anfangen? Ich weiß nicht genau, wie Hanna diese Tage zubringt, wen sie trifft und wie oft sie die Stirn faltet, die rechte Hand öffnet, um die Finger der linken hineinzulegen, ihre kleinen Bergungsversuche. Was du für ein Gesicht machst! Nie weiß man, ob du dich gut oder schlecht mit mir fühlst, man muss nicht alles einer Frage aussetzen. Die ihr das sagen, sehen nicht lange genug hin, Hannas kleine Gesten zeichnen etwas ab, das von weither kommt, vielleicht aber auch direkt von gegenüber, jedenfalls widerstreben sie einer allzu bestimmten Deutung. Gibt es eine Aufmerksamkeit, die uns umbringt? fragt sie, bevor sie in ihr Zimmer geht und die Tür ins Schloss fallen lässt. Da liegt sie dann bei ihren Büchern, Papier und Buntstifte neben sich, um die Sätze einzufärben und an die Wand zu pinnen. Willst du dich auch hier noch zupflastern, erlaube ich mir dann sie zu fragen. Willst du ausgerechnet auf diese Weise verschwinden? Was maßt du dir eigentlich an! Aber nein, du verstehst mich falsch, dringt es aus ihrem Zimmer, seltsam ruhig, eine Art von Ruhe, die meinen Zorn weckt, weil sie immer alles zugleich *ist: unsicher und überlegen, furchtsam und stark. Sie verwirrt mich mehr als alles andere an Hanna, weil sie es regelmäßig schafft, mich fort zu ziehen, an einen Ort, der mich absondert, an dem nichts ist, wofür ich leichthin ein Wort finden würde, dem ich vertraue. Ich will* da *sein, und wenn Hanna und mich von jeher etwas verbunden hatte, dann dieser Wille: da zu sein. Fort zu sein, würde Hanna hinzufügen, ganz sicher. Hanna streicht mit ihren Fingern über die Konturen, die sich durch Milchglasscheiben drücken, während sie Türen und Bücher öffnet, sich in Parks und Gassen verläuft, Freunden und Fremden gegenüber sitzt. Ob ihr diese Formulierung nun gefallen würde oder nicht, ob sie sie zutreffend nennen würde oder weither geholt, ungenau und den Blick trübend: Ich habe es gesehen, so und nicht anders, und es kann ja nicht sein, dass die Dinge und Worte ausschließlich von Hanna abgesegnet werden, für richtig oder falsch befunden, für unzureichend gehalten oder zielsicher genug. Hörst du, wie immer eine andere Stimme mitspricht in deinen Sätzen? lautet Hannas Frage, hörst du es, und weißt du auch, welche? – Muss ich es wissen, wozu? Dann schlägt Hanna die Augen nieder, lässt eine Weile die Schultern hängen, geht zum Fenster und sieht hinaus, sucht eine Antwort in den kleinsten Bewegungen, Widerstand gegen das stets lauernde Gefühl von Schuld, so ein Unsinn. Hanna, sage ich, komm, oder sage ich es doch nicht. Keinen anderen Wunsch mehr als diesen: aus lauter Hüllen zu bestehen, luftigen Hüllen, und wenn einer kommt und sie antupft, dann –*

Es wird immer wieder jemand kommen, in Hannas Laden, ich sehe sie ein- und ausgehen, und manchmal zu lange bleiben. Hannas Teekanne zwischen den Büchern am Pult, Hannas Lachen ein Schatten auf der Teppichstufe der Holztreppe, weißes Papier auf dem Tisch. Schreiben wir auf, was von den Sätzen geblieben ist, was nicht weggeht, und wenn es kommt, drehen wir es im Kreis, und zwar genau hier. Hanna, weißt du, was du da tust? – Wir brauchen Orte, wo die Worte wandern, die der anderen, ob im Halbschlaf gesprochen oder hellwach hinausgesagt: bitte, hör sie oder hör sie nicht. Und dann tun wir, als ob wir Bescheid wüssten, uns auskennten, ohne jemandes Wink und Zuspruch? Gegen Hannas Hartnäckigkeit ist nichts auszurichten, der Blick im Teppich zieht sich nicht zurück, ehe sich die kleinen Schleusen in den Mustern öffnen: lass uns treiben. Ist es nun das, wonach ich mich sehne, was ich herbeiwünsche und weshalb ich nicht eher aufhören werde, abends meine zwei Fragen zu wiederholen ... Erinnerst du dich an ...? Wolltest du nicht ...? Nur, um dann alleine all das zu tun, wofür Hanna nicht einmal mehr mit der Wimper zuckt, jedenfalls nicht ohne gleich danach zu fragen, wozu. Die Dinge im Raum glotzen mich an, lächerlich, all diese kümmerlichen Anfänge mit ihren Wörtern, ihrem Verlangen, ihrem Hineinlangen in die Leere, um dort nach einer Gabe für Hanna zu greifen, damit wir wieder unter Bäumen Decken ausbreiten, Essen und Bücher. Und wir mit dem, was wir eben nicht wissen, woran wir nur aus Lust an der Leichtigkeit glauben, – dass uns etwas wandelt, immer wieder! – zu spielen beginnen, ernsthaft wie verkleidete Kinder. Wie du sprichst, würde Hanna sagen. Wenn sie das sagte! Aber so werde ich es sein, die die Tür aufsperrt, die Schleusen in die Teppichmuster fügt, von dort lasse ich die anderen kommen, die zu lange in Hannas Laden stehen, sitzen oder liegen, ich weiß, sie tun etwas, und ich will wissen, was, ich werde lange hinhören, mich daran erinnern, was Hanna hin- und herschaukelt in den Nächten, während sie die Hand auf den Bauch legt. Vielleicht wüsste ich mehr, wenn wir die Hände tauschten, wenigstens hin und wieder, und es fiele mir leichter, in einen Zusammenhang zu bringen, was Hanna zerstreut hat. Was geschehen ist und geschieht, herausströmen lassen, in einem Guss. Habe ich nicht gesagt, dass es auch in mein Leben gebrochen ist, in meine Vorlieben, die paar Sicherheiten, dass auch ich anfange, von den Dingen, die nichts mehr bedeuten, je wehrloser und stärker sie sich um mich sammeln, zersetzt zu werden? – Hörst du, welche Stimme …? Hanna, ich bitte dich, Schluss damit! Hanna, sage ich, komm. *Die Stimme eines anderen, wie zum ersten Mal gehört, ein Wort wie ein Karussell, ein Schwung im weißen Bogen, schöner als alles. Oder eine Geisterbahn, wechselnde Gesichter, und du fängst an dich zu fürchten? Vielleicht ein kleiner Seufzer, kräftig genug, ein bisschen Asche im Glas aufzuwirbeln, Glutstöcke von Fingern geschnippt, die da waren, sich ausstreckten, sich einrollten. Wessen Finger nur.*

Im Laden

II.

Der Verlauf der Tage und Nächte entscheidet sich daran, ob du den Fingern vertraust, denen der anderen und deinen. Die Tür öffnet sich, Herr Emm tritt ein, während Hanna gegenüber auf der kleinen Holztreppe sitzt, der Kopf leicht wie selten. Sie zögert, sich aufzurichten, schiebt das Kinn leicht nach vor, beugt kaum merklich die Knie, legt die Stirn in Falten. Geht sie fort, niemals müde und wach zugleich, immer nur eins von beiden? Herr Emm zittert leicht, als ob ihm kalt wäre und er zu zart gewirkt, und im nächsten Augenblick friert er ein, zwei Körper, zwei Stimmen, zerbrechlich und verkleinert da, verhärtet und vergrößert dort, und der Wechsel vom einen zum andern vollzieht sich mitunter so schnell, dass dein Atem stockt. Aber dass er überhaupt noch gehen kann und sprechen! Erinnern Sie sich an den Sommer, in dem der junge Mann jede Nacht ausschwärmte, die Nächte waren sehr hell, und immer suchte er nach jemandem, am Flussufer, in den verwinkelten Gassen. Ich weiß nicht mehr, ob er auch fand, wonach es ihn umtrieb, aber einmal muss doch die Morgensonne aufgegangen sein und er sich glücklich gefühlt haben. Als ob er beschenkt worden wäre mit viel Schweigen, mit Augen, die spät ermüden und mit einer endlich nur kleinen Erwartung. Nicht wahr, Hanna, einmal muss es doch so gewesen sein? Sicher bin ich nicht, aber –. Herr Emm tritt näher zur Treppe, stellt sich mit dem Rücken zu Hanna, schaut zum Fenster hinaus. Hanna steht auf, geht drei Schritte, und ihre Finger streichen über Herrn Emms Rücken, streichen hin über einen Schwung Vergangenheit, eine Krümmung, und richten sie nicht auf, rücken sie nicht gerade, hier nicht und nirgendwo. Sie schenkt Tee in zwei Tassen und reicht eine Herrn Emm. Warum sollten wir nicht jederzeit dieser Mensch sein können, mit seinen Beinen, dem kurz geschnittenen Haar, dem traurigen Blick. Hat er nicht Abende lang jemandem zugehört, einer hellen, weichen Stimme, klang sie nicht wie ein Versprechen? Nährte sie einen Wunsch, ein Leben, das es geben kann, mit einer geteilten Gegenwart, und viel Geschichte, die jeden Tag neu entworfen werden muss? Trug man ihm diese Stimme nicht zu? Herrn Emms Fragen schimmern aus einer ewigen Vorzeit, die sich licht im Zimmer ausbreitet, auf Büchern in Regalen, die sich bis zur Decke strecken. Herr Emm dreht sich um und berührt Hanna am Schulterblatt. Wir haben damals immer von vorne anfangen müssen, aber wir fühlten uns beschert, und dazu die Sehnsucht nach den Händen des anderen. Herrn Emms Hand fühlt sich gut an, knochig, die Haut sanft, wenigstens heute, wenigstens jetzt. Er wird so weiter sprechen, in diesem Ton, wie ein Erzähler, der auf einem weitläufigen Platz steht, etwas braust ringsum, und die alten, eingestürzten Häuser an seinen Rändern werden täglich neu aufgebaut, aber Herrn Emms Stimme bleibt immer gleich leise, verwundert und warm. Ich glaube, der junge Mann fühlte sich einsam, sonst wäre er ja niemals hinausgelaufen, mitten in der Nacht, einfach nur, um zu gehen. Er hatte Vertrauen in seine Beine, er glaubte daran, dass sie ihn schon tragen würden und auch wieder zurück bringen. Vor sich selber verbarg er, was er so dringend zu finden hoffte, aber – aber –. Aber der Raum für den Atem von früher, die Worte, die in ihm flossen und untergingen! Und dann? Glauben Sie mir, Hanna, es ist der junge Mann, der mich an meiner Erzählung hindert, es hindert mich die Art und Weise, in der er verweigert, was er begehrt. Hanna schluckt und nickt. Wäre es nicht, spätestens jetzt, an der Zeit, etwas zu tun? Drei Schritte gehen, ein Buch aus dem Regal ziehen, darin blättern und Herrn Emm eine Frage stellen, die woanders hinführt, weil hier nur geschluckt und genickt werden kann, in steter Wiederholung nichts anderes als dies. Herr Emm, wohin geht's, wenn's nirgendwo hin geht? Manchmal stehe ich nachts auf und gehe in den Keller, um verstaubte Schachteln nach oben zu tragen. Manche sind mit einer Jahreszahl beschriftet, manche mit bunten Bändern umwickelt, was, Sie verstehen, nicht ich gemacht habe. Wieder in meinem Schlafzimmer, stelle ich die Schachteln nebeneinander auf, schließe die Augen, fahre mit den Händen über die Deckel, nichts weiter. Ich werde, was mit den Jahren zusammenhängt oder mit etwas anderem, immer bedürftiger, zu fühlen, dass das, was ich tue, stimmt, und aus diesem Grund überlasse ich es dem Zufall, welche Schachtel ich öffne. Wo eben die Hand zu liegen kommt, wenn ich die Augen aufschlage. Alles weitere können Sie sich ausmalen, wenn Sie wollen: Wie ich wühle in alten Blättern, Briefen, Karten, Fotos, wie ich hier und da über einem Wort zu lachen beginne, mir die Tränen kommen. Aber, ich verrate Ihnen, all das geschieht nicht. Ich lache nicht, und ich weine nicht, ich sitze nur da und schaue, verwundert darüber, dass das alles ist. – Herr Emm wendet sich ab, legt einen Ellbogen aufs Regal, hebt den Arm an und streicht den Staub von der Jacke. Hanna schenkt eine weitere Tasse Tee ein und setzt sich wieder auf den Teppich der Holztreppe. Sie ringelt eine Locke um den Finger, altes Kinderspiel, Trost dafür, dass der Traum immer irgendwo abbricht, die Finger immer die Wunde finden und dann einer zu schreien anfängt. Schöne nur die Wunde nicht, das schreibt dir einen Balken quer durch die Leibesmitte, und gehen kannst du dann nur noch mit lahmen Beinen! Dann lieber mit den Fingern in den Wald laufen, vielleicht auch nachts, Kastanien sammeln oder Blätter, warum auch nicht, warum nicht jeden Tag wenigstens etwas hinaus schicken, wenn auch nicht alles hinaus und heraus kann, die Jahreszahlen auf dem Leben, die Bänder darum herum. Aber. Immerhin wacht Herr Emm gelegentlich auf, steigt in den Keller und holt eine Geschichte herauf, verteilt auf Schachteln, von fremder Schrift markiert. War das wirklich gestern? War das wirklich im Jahr sowieso? Herr Emm lässt den Kopf hängen, einmal, wenn nichts mehr dazwischen ist, werden wir die Bänder lösen, die Schachtel öffnen, die Blätter ertasten und die Stimmen einfach laufen lassen, wohin sie auch wollen. Sie werden laufen und laufen, eine auf die andere zu und in sie hinein, bis sie übereinstimmen, aber nur fast, und in diesem fast lösen wir uns auf. Und, als ob er Gedanken lesen könnte, fügt Herr Emm hinzu: Haben Sie Geduld, Hanna, Geduld rettet. Bis dahin wechseln wir dann und wann in jemand anderes Geschichte, wir schlagen die Bücher auf und holen den jungen Mann, schicken ihn das Flussufer hinunter und dann in die verwinkelten Gassen. Einmal wird er innehalten, seufzen, Lust haben, sich ins feuchte Gras zu legen, das Gesicht den Sternen entgegenzuhalten, und einen Augenblick Einsicht haben. Da sein. Wird er das? Und aufs Papier schreiben wir: ankommen. Aber ankommen. Herr Emm richtet sich auf, noch zerbrechlicher geworden, geht er zur Tür hinaus, winkend, und dann vielleicht auf einen Platz zu, um auf einer Bank zu sitzen, zu warten und zu schweigen, während es rundum braust und lärmt. Hanna sieht ihm nach, wie vor Jahren schon, als der Blick aus dem Fenster auf einen alten Mann fällt, der tagaus tagein ein paar Schritte von da nach dort geht, immer den gleichen Weg, den Kopf gesenkt, die Schultern müde. Glaubst du, ereignet sich etwas, wenn ich ihm zuschaue, immer wieder? Ich könnte ihn in etwas einwickeln oder Sand auf meine Augen legen, bis er das Gesicht zu mir dreht und wir uns eine Frage stellen.

III.

Laufen, laufen, laufen. Nur Lea nicht, niemals. Sie wirft die Tür hinter sich zu, ein Tag Hanna, ein Tag, wie um Sand in die Augen zu träufeln, Watte in die Ohren zu stopfen, fortzugehen und, auf einer Bank sitzend, Krähen zu hören, irgendwo am Flussufer, Schwalben, Möwen, ach, pfeifen wir auf die Vögel. Sie setzt sich auf Hannas Teppichstufe, lacht, zündet eine Zigarette an, fährt mit der linken Hand durchs lange Haar. Hanna stellt sich vor das Fenster, zielloser Blick, fort von hier, mit nur einem Aug. Sie reibt sich die Schläfen mit den Fingern, hebt den Kopf, dehnt den Nacken, macht kehrt und setzt sich neben Lea. Eigentlich wollte ich nichts anderes als Ruhe, meine Ruhe, eigentlich wollte ich nichts anderes als meine Zigaretten alleine rauchen, eigentlich wollte ich nichts anderes als mich lösen, den ganzen Tag über das Geschwätz der anderen und dann auch noch am Abend und in der Nacht. Lea springt auf, geht ein paar Schritte, hockt sich vor Hanna nieder und umklammert eine Sprosse des Treppengeländers. Was noch lebt, kommt als kleine Bewegung zu dir, als Augapfel im Unterleib, als Furche in der Stirn, durch einen Nebel aus Rauch. Weicht hier jemand aus? Hat hier jemand einen Abgang verabsäumt, einen Rauswurf, unscheinbar, jederzeit wieder rückgängig zu machen? Lea richtet sich auf, tänzelt wie ein Kind durchs Zimmer, streift mit den Fingern den Staub vom Bücherregal, hält plötzlich inne. In diesem Buch steckt mein Satz, Hanna, erinnerst du dich? Und Os Geschichte, eine glückliche Geschichte, wie sie durch die Jahrhunderte treibt, einmal mit diesem Körper, dann mit jenem, und immer schreiben die Schritte die Wege, auch wenn sie fällt, das Ohr am Boden, fast in jemand anderes Haar. Wenn wir es auch so machten, was dann wohl die Tage wären? Fallen, Hanna! Hanna steht auf, reckt sich, lockert die Beine und nähert sich Lea. Lea lässt sich, steif wie ein Brett, zurückfallen, Hanna fängt sie auf, mehrmals hintereinander. Aber meine Geschichte läuft anders, nur dieser eine Satz fügt sich so schön wie eine Unterschrift aus Buchstaben, die weit von dir weg sind, die jemand anders an deiner statt schreiben könnte, es wäre gleichgültig, ob sie aus deiner Hand käme oder nicht. Meine Geschichte geht so: Ich betrete ein Haus, morgens zum Beispiel, ein großes Haus mit einer Unmenge Türen und Namensschildern, Treppen, Vorder- und Hintereingängen, Aufzügen, Pfeilen, die mir die Wege weisen, Menschen mit gesenkten Köpfen, breiten Schultern, und mindestens einer davon ist mein Auftraggeber, der in mein Zimmer kommt, wann es ihm gefällt. Ob ich wisse, was zu tun sei, ob ich lesen könne, ob ich alles verstanden hätte und am Abend mit den anderen rund um den Tisch sitzen wolle, die Zigaretten teilen und den Wein. Zurück bleibt eine Spur am Fenster, eine zerbissene Unterlippe, ein gebrochener Fingernagel, ein Rest vom Aug und Sprünge darunter, Schatten. Lea klopft Hannas Rücken, als ob ihr Brösel in der Kehle steckten, alles eine Frage des Arrangements, der Strategie, der Perspektive, ich habe Angst, Hanna. Wohin denn schauen und wie? Lea kauert sich auf die Stufe, spielt mit den Haaren und bindet sie im Nacken zu einem Knoten. Dorthin wandert die Stimme, schleicht herum, bläst mir Atem zu bis zum Haaransatz und brüllt mir im nächsten Augenblick ins Ohr. Magst du eine Zigarette mit mir rauchen? Hanna setzt sich neben Lea, zündet sich eine Zigarette an und sieht zu, wie sich die Schwaden ineinander verfangen. Das Buch mit Os Geschichte fällt im Regal um, ein eingelegter Zettel schaut heraus. Trug sie der Wind durchs Leben, nichts sonst? Nicht wahr, alle werden mir sagen, das sei die falsche Frage. Lea erhebt sich, trommelt mit den Fingern auf die Schenkel, meine Geschichte geht so:

Ich betrete ein Haus, morgens zum Beispiel, ein großes Haus mit einer Unmenge Türen und Namensschildern, Treppen und Aufzügen. Ich nehme den verstecktesten Hintereingang und stoße dort auf B, der doch sonst den Haupteingang benutzt. Kann sein, er griff gestern Nacht nach meiner Hand, legte einen Augenblick den Kopf auf meine Schulter und flüsterte mir etwas ins Ohr. Er schlägt kurz die Augen auf, sagt Hallo und läuft an mir vorbei. Alles nur eine Frage der Perspektive, nicht wahr, Hanna, nichts weiter als das. Lea geht zum Regal, zieht das Buch heraus, lässt es fallen und stößt es an mit dem Fuß, es rutscht quer durch den Raum. O wacht auf in einem neuen Körper, zieht in anderen Kleidern über die Berge, macht Feuer und stellt am Schiff ein paar Fragen, zumindest sich selber. Einmal fällt sie hin und jemand anders vor die Füße, und sie sagt einen Satz, der uns sehr zum Lachen bringt. Und wovon sonst träumt sie, als ihre Worte zu verwandeln, in einen leisen Gesang unterm Baum? Aber für wen, Hanna, für wen? Ich wollte nichts als ein Lachen und dass es stimmt, ich will dieses Haus nie wieder betreten, ich binde mir einen Schal um den Nacken und lasse nichts durch, ich werde handeln. Handeln? Altes unmögliches Wort! Hanna setzt drei Schritte und hebt das Buch auf, Os Treiben und ihren Witz, jetzt und hier. Wenn es sich in dein Haar schliche und den Knoten löste im Genick? Und die Sätze durch die Tür, im Zimmer, der leise Gesang unterm Baum, an dessen Stamm wir lehnen, immer ganz allein, ganz zu zweit, nur damit wir nicht aufhören, uns an dieses Zuhause zu erinnern. Lea dreht sich um, geht zum Fenster, kneift die Augen zusammen, als ob sie ein Bild näher an sich heranzöge, Kinder am Gehsteig, die Schultaschen rutschen halb von den Schultern, rote Ohren lugen unter Mützen hervor. Sie kippt die Asche gerade noch rechtzeitig in den Becher und presst die Lippen aufeinander. So kommen die Tage in uns. Wenn ich mich so aufzeichnete und das Bild davon unter den Kopfpolster schöbe, änderte das was? Hör zu, Hanna: Jeden Morgen betrete ich ein riesiges Gebäude, in dem ich mich auch mit geschlossenen Augen zurechtfände, ein wunderbares Zuhause, als ob ich hier geboren wäre. Wenn ich durch die Schlüssellöcher der Türen spähe, entdecke ich meinen Auftraggeber, wie er sich die durchwachte Nacht aus den Augen reibt und das Fenster öffnet. Das Sofa neben seinem Schreibtisch gähnt, komm wieder, gähnt es mich an, komm wieder und teile die Zigaretten mit mir und den Wein. Am Hintereingang stoße ich auf B, der den Arm um C legt, alles eine Frage der Strategie, Hanna, nicht wahr. Hanna reißt die Tür auf und drückt die Hand auf den Magen. Wie lautet der Satz, der meine Unterschrift sein könnte, von fremder Hand in vorgeformte Buchstaben gegossen? Ich oder jemand anders, das spielt keine Rolle. Es ist Zeit, sagt Lea, ich muss los. Und von nun an jeder ihrer Schritte eine Festigkeit, kein Wanken, kein Schlendern und Schlottern, nein, ein Stapfen, eine Sicherheit wie nie. Da können sie sagen, was sie wollen, die Türen öffnen, mir die Blätter unter die Nase halten, als ob ich schuld wäre an allem. Mir ins Ohr flüstern, schreien, die Stimme weich, die Stimme kalt, und am besten alles auf einmal, damit sich mein Kopf nicht verwirrt. Lea wirft die Tür zu, schaut über die Schulter zurück, winkt und lacht.

IV.

Die Tage laufen wie die Schatten der Füße im Sand. Haben sie je einen Schritt getan? In Rios linkem Auge rühren sie sich kaum, aus dem rechten fielen sie gern heraus, nur wohin, auf welchen Boden, in wessen Hand. Den Kopf eingezogen, so dass der Mantelkragen die Ohren fast bedeckt, schleicht Rio zur Tür herein, ein milder Körper, weich um seine Mitte. Vor dem Tisch bleibt er stehen. Hanna blickt auf, taucht ein in Rios Aug, schüttelt den Kopf, lacht und winkt mit der Tasse in der Hand. Rios Blick gleitet über Hanna hinweg und ein Regalfach entlang, heftet sich auf einen einzigen Buchrücken. Hier treten wir am Fleck, immer auf dieser Schwelle. Aber diese Schwelle ist schön, schön wie die beiden Menschen, die ihre Fragen darüber tragen, darüber hinweg. Oder tun sie das nicht, werden sie von ihren Fragen in einem kleinen Kreis hin und her gedreht und getrieben, immer Ausschau haltend nach einem weißen Fleck Ruhe? Glaubst du, dass die Ruhe weiß ist, ein Fleck im Teppich? Hanna setzt sich auf die oberste Stufe der Holztreppe, langsam kehrt etwas zurück in die Augen, den Schwung der Lippen und die Wangen. Aber siehst du, auf dieser einen Schwelle harren wir aus, auf ihr kommen wir überall hin. Rio geht drei Schritte vor und zurück und dann im Kreis, wie um einen Unsichtbaren herum, Tempo Tempo, rasen wir uns die Nähe aus dem Leib. Er hält inne und lehnt sich an das Treppengeländer, mit dem Rücken zu Hanna. Ich kam hin, setzte mich zu den anderen, sah mich um, legte die Hand auf den Mund und sagte die ganze Zeit über nichts, ich schlug mit der Hand auf den Tisch und bog mich vor Lachen, ich zog die Augenbrauen hoch, was anderes als Zorn dringt hier zu mir, der Zorn, ein endlich letztes Wort zu finden? Rios Gesicht läuft rot an, gleich wirft er das Regal um oder wenigstens den Tisch. Aber weißt du, das war gar kein Zorn, das kam über die Lippen wie Watte, man hätte damit ebenso gut Wasser aufsaugen können. Hanna steht auf, stützt die Arme am Treppengeländer ab, legt den Kopf von hinten auf Rios Schulter. Vielleicht stimmt das alles nicht, vielleicht war es ganz anders, sie ballten die Hände zu Fäusten, während sie da saßen und den Blick auf den richteten, der eintrat, mit Füßen aus Stroh, ich kann mich kaum erinnern, und wozu auch. Nur das Buch, das auf der Schwelle spielt, trägt die Erinnerung, aber meine nicht. Hanna stellt sich vor das Fenster, blickt hinaus, die Taube auf dem Dach und die Taube auf dem Gehsteig, der Himmel und das Stück, das wir von ihm bewahren – ein Ort für das Stocken und das, was sich hält in ihm, was sich zurückhält, was sich verstreut? Hanna! Wie du mich nervst mit deinem Erinnerungsdrang! Hanna setzt sich neben Rio auf die Teppichstufe, mit Augen, die einen weißen Fleck suchen, einem Kopf, der gleich zur Seite rollt, schmelzenden Schulterblättern und einem alten Wort, das auf ihnen tanzt: Komm. Schweigen wär schön, aber. Etwas vom schönsten, was mir je in die Hände gefallen ist, dieses Schwellenbuch mit den beiden Menschen, die man nie ganz sieht, aber hört, ihr Seufzen, ihr Verstummen, ihre Unsicherheit, immer schon ein Gruß von irgendwann anderswo. Hanna schluckt und nickt, wünscht, dass kurz ein Bild aus dem Teppich kriecht, jemand mit weichen Haaren, die Hände im Schoß, die Augen geschlossen, Lippen, die sich im Traum öffnen, um mir ins Ohr zu flüstern: heute gebe ich dir meine Luft zum Trinken, meinen Schlaf, mein Vergessen. Rio springt auf, die Tage ein Rasen, eine Atemnot! Ich benutze Aufzüge, folge Schildern, öffne Türen, schleuse Schwälle von Sätzen ein, nehme ebensolche entgegen, achte auf der Straße darauf, nicht in ein Auto zu laufen, sitze in Sälen, brülle herum, höre andern beim Brüllen zu, schließe die Tür, vergesse sofort alles. Zuhause glotzen mich die Dinge von früher an, ich wehre mich gegen jeden einzelnen ihrer Appelle. Rio? Hanna zögert, nach Rios Arm zu greifen, wie unheimlich, wenn er ihre Finger nicht fühlte im Arm. Weißt du, was das Schlimmste aller glotzenden Dinge ist: die aufbewahrten, in Schachteln verpackten Briefe, die im untersten Regalfach liegen, die bloße Tatsache, dass sie sich nicht von selbst auflösen und auslöschen. Rio schenkt heißes Wasser in eine Tasse und hängt einen Teebeutel hinein, ein dunkelgrüner Fleck dehnt sich aus und behält dabei seine Form, Rios Augen leuchten. Hanna schaut aus dem Fenster, die Tauben auf dem Gehsteig, die Tauben auf dem Dach, das kleine Stück Himmel, das sich nur zeigt, wenn du den Kopf hebst. Komm. Stimmt's, Hanna, es geht nur schleichend vorwärts oder vielleicht gar nicht. Beim Aufwachen das dringende Bedürfnis, liegen zu bleiben, weil jeder Schritt sich wieder als nichts anderes erweisen wird als eine Wiederholung dessen, was schon immer war, hier stockt und stockt alles. Und wenn das Stocken ein Körper wäre, den du ganz nah an dich heranlässt, ein Gegenüber, und du fingst an, mit ihm zu spielen, eine Stimme, und du wolltest nur ihren zögernden Rhythmus hören, nichts anderes. Und du vertrautest, weil es ein Spiel ist, dem, was sie spricht, so wenig es auch sei, so zäh die Worte auch flössen. Langsam langsam verwandelten wir uns in einen Zug, sähen den Ginster an den Hängen blühen, lachten, weil er uns an etwas erinnerte, hielten dem Bild stand und ließen es wieder ziehen, wozu diese Abwehr. Und dann kämen wir zu uns auf einer Brücke, hörten die Stille, helle Nächte zwischen den Zeilen, die Hände weiß und zerfurcht. Rio steht auf und geht zum Fenster, Hanna setzt sich auf die Teppichstufe. Aber hier und jetzt schrumpfen wir auf ein Minimum an Handlungen, drei Schritte nach links, drei nach rechts, drei im Kreis, der Tee in der Kanne, der Tee in der Tasse, die Zigarette in der Packung, die Zigarette in den Fingern, die Glutstöcke, wie sie in den Aschenbecher fallen, der Blick aus dem Fenster, einmal du, einmal ich, die Taube auf dem Dach, die Taube auf dem Gehsteig, die dunkelrote Teppichstufe, die hellen Nächte im Boden und zwischen den Zeilen, der rollende Kopf, die geschlossenen Augen, die Bögen weißen Papiers, ankommen, ankommen aber. Das Buch liegt aufgeschlagen auf dem Tisch, jetzt die Schwelle teilen. Er schüttelt sich, er schüttelt sich in einen anderen Körper hinein. Hanna, was bist du für ein merkwürdiger Mensch, ich geh jetzt, hab es noch gut. Die Tür fällt ins Schloss, der Windstoß bläht die Wände auf, ein Segel und der kleine Laden jetzt ein Schiff. Hanna schwankt auf Deck, unter einem Himmel, der immer größer wird, aber diesig bleibt. Da oben läuft Rio und kommt nicht vom Fleck, das Gesicht schwillt an im Zorn. Aber meine Sätze ins Zimmer gießen kann ich allemal noch und den Kopf einziehen auch! Hanna sieht Rios Schatten auf sie zu tanzen, wie vor Jahren schon, als die Augen spazieren gehen und innehalten in einem Fenster, ein Mann packt Bücher in seinen Rucksack, zieht eine Jacke an, dreht sich, als er die Tür öffnen will, jäh um, blickt aus dem Fenster, zögert, bleibt, ehe er die Tür schließt, einen Augenblick auf der Schwelle stehen. Und wenn er meine Frage vernommen hätte als ein Stocken?

»Ja, wie haben Sie denn überhaupt gelebt, wenn Sie keine Geschichte haben?«

V.

Wer bin ich, wenn ich Hanna zusehe, wer, wenn ich wünsche, dass sie den Kopf hebt, aufsteht und fortgeht, für eine Weile? Wer, wenn ich neben ihr liege, die Arme verschränkt über der Brust, den Blick in die Decke gebohrt, als ob der Lauf der Dinge sich an der Decke entschiede? Der Lauf der Dinge! Da können wir nur noch lachen. Ich weiß nicht, ob es stimmt, dass alles anders wäre, wenn ich nicht ausgerechnet mit Hanna die Räume teilte, mit ihrem Schweigen und Starren, den eingerollten Fingern, den Bildern, die aus dem Teppich kommen. Weiße Flecken Ruhe, soll das ein Witz sein. Wahrscheinlich führt uns jetzt sogar das Schweigen der Dinge an der Nase herum: als ob wir dir je mehr gesagt hätten als jetzt. Als ob das nicht die letzte Ausflucht wäre, schon hundertmal benutzt. Wenn sie und Hanna nicht hier wären, kümmerte ich mich vielleicht um den Schnee, der gerade die roten Dachschindeln bedeckt, die Schornsteine und Gehsteige. Ich liefe die Treppe hinunter und bäte die Männer, mir eine Schaufel zu geben, und die Kälte verwandelte mein Gesicht. Was spricht sich aus in deinen Bildern, welches Vertrauen? Willst du es so haben? So treten wir am Fleck. Am weißen?

Es ist nicht mein Vergehen, am Beobachterposten zu hocken, ohnehin kaum lange genug. Hanna hat mich dahin verstoßen, und manchmal wirft sie mir einen forschenden Blick zu, manchmal einen gequälten und müden, manchmal fordert er mich leise zu etwas auf. Und ich sitze hier, in der Ferne und in der Nähe, und folge einem Verdacht, den der Schnee längst zerstreute, wenn ich den Flocken lange genug zusähe oder sie einfach zu Boden fallen ließe, um sie mit einer Schaufel an den Rand zu schieben, große Haufen, aber etwas tun mit ihnen ließe sich allemal. All das wird nicht geschehen, vielleicht, weil es mich immer noch drängt, der Fährte, die Hannas Wunsch bahnt, zu glauben. Kann sein, ich hole mir dort kalte Füße, nasse Füße, starre Füße oder ich verliere sie und müsste Acht geben, irgendwo neue zu finden, oder für immer auf Füße verzichten, vielleicht stimmt es ja nicht, dass man welche braucht. Das sich drehende Rad, meine liebe Hanna. Dann war es eben doch nicht immer schon mein Wille, da zu sein, na und. Vielleicht, wenn Hanna jetzt den Kopf wendete, erkennte ich, dass sie lacht, hier, auf dieser Schwelle. Gab es je einen anderen Ort zwischen uns, eine andere Zeit als die, die wir ständig suchen. Wir, sage ich, ohne sicher sein zu können. Gut, ich versuche es: Einmal, an einem Samstag, gingen wir ins Kino. Auf der Leinwand sahen wir eine Frau, die sich selber filmte. Sie saß allein in einem Zimmer, auf einer Couch, die Beine verschränkt, und in den Armen hielt sie ein Radiogerät. Ihre Stimme war ganz fest, und sie sprach mit einer bloß vorgestellten Person, der sie einmal in einem Aufzug begegnet war. Sie werden nie hören, was ich hier zu Ihnen sage, aber ich sage es. Selbst wenn Sie es je hörten, gäben Sie mir kein Zeichen. Und wenn Sie mir ein Zeichen gäben, wüsste ich nicht, was es bedeutete, weil Sie es darauf anlegen, mir Zeichen zu geben, die nichts oder alles bedeuten können. Später stieg sie ins Auto und fuhr an einen Ort, um jemanden, den sie liebte, zu sprechen. Sie hielt aber dann doch inne und beobachtete diesen Menschen in einem Abstand von einigen Metern dabei, wie er gerade einen Kunden bediente. Dann lief sie neben ihm auf einem Gehsteig, bemühte sich, Schritt zu halten, was wäre, wenn der nächste sichtbare Baum ein Ende markierte, das Ende der Zeit, die sie für ein Leben hätten. Der andere schlug eine andere Richtung ein. Kann man verloren gehen in einem fremden Vergessen, im Vergessen eines anderen? Oder sich selber darin auslöschen oder aufgelöst werden? Hanna, das ist eine müßige Frage, häng sie als Spiegelscherbe an die Wand. Tür zu, Decke über den Kopf, die Wand hat immer die gleiche Farbe, die Sätze, die uns entge-

genschauen, halten den Atem an, heben die Schultern, schlucken. Aber einmal gehen wir mit ihnen wieder bis zum nächsten Baum, glaub mir, und wenn wir sie vor uns herschleifen.

Vielleicht irre ich mich in allem, in all meinen Vermutungen, und es ist Hanna gar nichts geschehen. Sie besteht ja darauf, auf diesem einen Ort für das Stocken der anderen, ihrem Vergessen und das, was sich hält in ihm. Sollen sie das berühren, was sie verloren haben, sollen sie ein paar Wege noch einmal gehen, und sie immer wieder kreuzen lassen. Aber wie kommen wir überhaupt zu diesem Wunsch und zu diesen Worten, dazu, Spuren aufs Papier zu legen, Figuren, auf die doch gar kein Verlass ist, mit ihren wechselnden Stimmen, den Bildern, die stets etwas vermissen. Wir vermissen auch etwas, nicht wahr, Hanna, und abends legst du dich in einen Bach, der auf einmal immer schmäler wird, seichter, bis die Steine am Grund deinen Rücken zerkratzen. Noch in dieser Bewegung gibt sie nicht auf, zieht mit den Fingern die schwachen Konturen nach, die sich durchs Milchglas drücken. Lass uns treiben, egal, woraufhin zu. Merkst du nicht, dass du gar nicht mehr treibst, dass hier nichts weiter geht. Dann wendet sich Hanna ab und stellt sich für einen Augenblick unter das kleinste Dachfenster, Hände in den Hosentaschen. Die kleinen Häufchen Schnee werfen Wellen in Hannas Augen, und eine davon trägt sie fort. Nur in dieser Position hört sie auf, die Frage nach der mitsprechenden Stimme zu stellen, in dieser Lage wird sie vollends gleichgültig gegen das Verbrauchte, das wieder kommt. Je unnachgiebiger und langsamer wir um es kreisen, desto empfänglicher werden wir für das, was sich wandelt, glaubst du nicht? Danke, Hanna, ich wollte gerne ohne diese Sätze leben. Hast du Lust, spazieren zu gehen? Der Mond? Hannas Grinsen verheißt nichts Bestimmtes, vielleicht lacht sie mich doch auch schon aus, einmal bin ich es, und dann ist sie es, die angesichts dieses Beharrens ein Gefühl von Überdruss überkommt. So nehmen wir wieder Platz auf verschiedenen

Sofas, und ich begebe mich auf die Fährte, die Hannas Wunsch mir legt, mit den Händen in den Hosentaschen oder im Schnee. Hanna, die noch vor einer ungewissen Zeit freitagabends die Tür aufsperrte, ein kräftiges Hallo nach oben rief, komm, gehen wir ins Kino, und an den Sonntagen den Kaffee kochte, als alle anderen noch schliefen. Sie hatte einen untrüglichen Sinn für den richtigen Zeitpunkt, die richtige Handlung, das richtige Ding, immer Maß und Maßlosigkeit genug. Aber vielleicht ist auch das nur meine nachträgliche Erfindung, ein kraftloser Akt gegen die einmal zögernden, einmal zu raschen, zu sicheren Schritte, mit denen sich fremde Füße in Hannas Laden verirren und breit machen, ich schaue und schaue, ich versenke mich, so wie Hanna sich zu versenken versucht hat, vielleicht immer noch versucht, ich spanne die Rückenmuskeln an, ich fasse nicht, was sich zwischen uns verändert hat, und nicht, weshalb Hanna jegliches Vertrauen in den kleinen Ort unter dem Dachfenster verloren hat. Nachts dreht sie sich von einer Seite zur anderen, wehrlos gegen die Steine am Grund, schrickt auf, schrickt auf und sagt: die Bänder vermodern, und es ist gar nichts darin, es ist nichts mehr darin in den Schachteln. Die Straße auf und ab, aber niemand wird das Wort hören, das Herrn Emm verschluckt und verweigert. Wessen Hand liegt auf dem Gehsteig, wessen Kopf? Bin ich es, die alles vergessen will? Hanna, das ist eine müßige Frage, häng sie als Spiegelscherbe an die Wand, Tür zu, Decke über den Kopf. Wir brauchen einen Ort, wo die Worte wandern. Über die Schwelle oder zum Fenster hinaus? Wohin im Kreis? Komm, sage ich, und Hanna sieht mich an, als ob sie sich vage erinnerte, jemand hat komm *gesagt, und, erinnerst du dich, ich habe keinen Augenblick gezögert.*

VI.

Hier braust es, der Wind weht, die Haare werden unversehens weiß und fallen einzeln vom Kopf. Das ist Herrn Emms Hand, die am Gelenk hängt, die sich am Stock festhält. Worauf wartet sie, wartet sie denn, während ringsum die Häuser einstürzen, langsam, wie in Zeitlupe? Fallen Kinder aus Fenstern, Kappen, Jacken und Kästen? Aber wohin denn, die Steine auf dem Boden sind blank und weiß, eine Gefahr für Füße und Beine, makellos, glatt, hier bebt und poltert nichts. Herr Emm, ritzen wir Figuren da hinein, dünne Zehen vielleicht, die abheben. Wenn der Schatten auf sie fällt, sagen wir *Sand* und versinken. Herr Emm erhebt sich, blicken Sie um sich, Hanna, was sehen Sie, wenn Sie die Augen schweifen lassen? Die Augen schweifen lassen! Ich bin noch nicht müde genug, um das zu wollen, Hanna, da können die Schachteln gähnen und gar nichts preisgeben, keine Träne locken, keinen Schrei. Hanna sitzt und schaut, sitzt und schaut und sieht den Horizont nicht, nicht einmal die Dächer, die Fenster mit den geträumten Eisblumen. Aber im vorigen Winter stand ich davor und sah die Eiszapfen von der Dachrinne wachsen, und im vorvorigen legte ich mich nachts in die Schneeflocken, die mein Gesicht bedeckten, und immer fiel Rio vom Himmel, wie jetzt. Rio bleibt stehen in der Mitte des Platzes und hält die Hände wie einen Trichter vor den Mund, als wolle er etwas ausrufen. Viel lieber flüsterte ich, aber ich schreie, ob mit oder ohne Stimme, und was auch immer. Herr Emm, bitte wachsen Sie schnell als Baum aus der Erde, groß und fest, stark wie nie zuvor, ein Stamm, und wir setzen uns dazu und vergessen ganz, worauf wir warten! Hanna verschränkt die Arme vor der Brust, nur sie nicht ausstrecken, sie rutschten dann wie Kinder über Äste und Stiegengeländer, lachten, aber zu früh, viel zu früh. Rio nähert sich Herrn Emm, der sich abstützt auf dem Stock. Immer den Gehsteig auf und ab, nicht wahr, das ist es, was Sie tun, drei Schritte nach vor, manchmal auch zehn und dann wieder zurück, und die Schultern sind jedes Mal noch müder. Und hoffen, dass einer spricht, als ob es Grund genug gebe. Und auf dem Grund ein paar wandernde Finger, versinkende Zehen, Dinge, die aufsteigen und dann aus Häusern fallen? Hanna kauert hinter Herrn Emm und Rio auf der Bank und zählt laut die auf den Zehen kleben gebliebenen Sandkörner, die Tage, die zwischen den beiden verschwinden. Sind Sie ihm auch begegnet, dem Mann, der in den dunklen Gassen umher lief und später auf einer Brücke stand, von wo er etwas ins Wasser gleiten ließ, oder war das nur der überflüssige Funke einer Vorstellung, das halbe Leben vor dem Dachfenster, mit den Haaren, die einzeln ausgehen, in den Wolken? Rio legt die Hand auf den Bauch, blickt nach links, nach rechts, geradeaus. Wohin mit dem Unbehagen, wohin mit den Fragen, die keiner stellt? Hanna zieht die Beine an, schlingt die Hände um die Knie und legt den Kopf darauf. Ihre Mundwinkel zucken, dann das Augenlid, Rio dreht sich um und streift ihr Gesicht, nur kurz, dann setzt er sich in Bewegung, geht um die Bank herum, eine und noch eine Runde. Herr Emm legt den Stock auf den Boden, setzt sich neben Hanna und sieht sie von der Seite an. Hanna neigt den Kopf ein wenig, zuckt die Schultern und lacht. Ich weiß, noch vor Jahren war alles anders, wenn auch nur für einen Augenblick: Es flatterte ein Brief ins Haus, es läutete das Telefon, es stand jemand vor der Tür, mit einer Frage im Hals, einer Bitte vielleicht. Vielleicht saßen Sie an einem Tisch, als jemandes Wunsch. Oder aber Sie setzten jemand anders als Ihren Wunsch an den Tisch. Wie wird deine Stimme klingen, wenn sie *komm* sagt? Irrtum! Die Hände zogst du ein, ließest sie fast fallen unter den Tisch, als dir meine entgegenkamen, mit ihren Spuren von Erschöpfung und Freude. Wo bin ich, doch nicht etwa hier, in meinem Leben? Sag *Licht*, schnippe mit den Fingern, und wir treten ein, sind wieder da, spülen das Geschirr ab und gehen schlafen. Hanna fährt mit ihren Fingern über die Ohren, gut möglich, dass sich irgendwann diese Frage an nichts als den blanken Stein unter unseren Füßen richtete, ach, glauben Sie mir nichts, glauben Sie mir alles. Sie steht auf und geht ein paar Schritte, in Richtung Mitte. Rio unterbricht seine Runden, hebt den Stock vom Boden auf und lehnt ihn an die Bank, zwischen sich und Herrn Emm, der Hanna nicht aus den Augen lässt. Wie schön das wäre, wenn sie, angekommen, das richtige Wort sagte, nicht wahr! Wenn sie die Arme ausbreitete, wie der junge Mann auf der alten Fotografie, eine der wenigen, die ich nicht vergessen will, niemals, ich grabe sie alle paar Wochen aus der Schachtel, nachts, während die anderen schlafen oder so tun als ob: Ein junger Mann lehnt an einer hellen Mauer, deren Putz da und dort abbröckelt. Er trägt halblanges Haar und eine Sonnenbrille, die Arme streckt er weit von sich, Landkarten spiegeln seine Hände, und er lächelt, aber nur aus den Mundwinkeln. Über seinem Kopf steht in fetten Buchstaben und im Sperrdruck: **JETZT**. Rio zieht die Augenbrauen hoch. So ernst nehmen Sie ein solches Bild, kaum, dass Sie sich noch zur Tür hinaus bewegen können? Verrückt! Hanna dreht sich in der Mitte des Platzes um die eigene Achse, mit gesenktem Kopf, den Blick auf die Schuhe gerichtet, entschuldige. Zwei Menschen sitzen an einem Tisch, einer sagt, komm, komm näher, hab keine Angst, vergiss es doch, vergiss es. Knapp daneben hüpft ein anderer auf die Bühne, federt vom Boden ab wie ein Harlekin, ruft, wir vergessen nichts, wir heften uns an Ihre Sohlen, nachts, wir streichen über Ihren Nacken, wir schnippen mit den Fingern, *Licht*, bitte spülen Sie das Geschirr ab. Hanna lacht, hebt den Kopf und schüttelt ihn, Herr Emm, auf wie vielen Anfängen bestanden Sie damals, sind Sie auf den Händen gegangen, auf dem Kopf? Und immer von neuem, bis das Gesicht weiß unter den Sternen liegt, unter der Erde? Herr Emm knöpft seinen Mantel zu, ehe er nach dem Stock greift und sich langsam aufrichtet, vorsichtig, eine Bewegung zu viel, und alles zerbricht, kein Baum weit und breit, um die Arme rundum zu schlingen, wenn sonst nichts hält. Rio schlägt die Beine übereinander, folgt mit den Augen einem gekrümmten Rücken, einem Zögern, das Bescheid weiß und schweigt, immer und immer wieder. Unmöglich, sogar hier, einen gekrümmten Rücken einen gekrümmten Rücken sein zu lassen, ein Zögern an der Hand zu nehmen? Hanna winkt Rio zu, aus der Mitte des Platzes, entfernt genug, um es nicht bemerkt zu haben und noch lange nicht zu bemerken. Sie nimmt Anlauf und rutscht über die blanken Steine auf Herrn Emm zu, schnell und ohne Spuren zu hinterlassen. Aber Hanna, übertreiben Sie es nicht mit Ihrer Geduld, bewahren Sie den langen Atem für –, für –. Soll das Herrn Emms Stimme sein? Hanna langt nach Herrn Emms Hand, so wenig wiegt er, dass sie ihn über den Platz ziehen kann wie einen Schlitten, wie eine Feder. Rio, was hältst du von dieser Idee? Komm, heb den Stock vom Boden auf, den ich zu dir stoße, spiel, alter Mann, und dreh ein paar Runden um die Bank. Oder schlag Kanten in die blanken, weißen Steine, Löcher, es wird Zeit für ein Stolpern, einen kleinen Untergang. Rio rührt sich nicht vom Fleck, sieht er recht? Sind das Herrn Emms Schultern, die da zucken, als lachte er, auch jetzt noch, wo Hanna auf eines der Häuser am Rand zusteuert, auf die Reste eines Hauses, auf Steine, die fallen, Kinder, Kappen, Jacken und Kästen? Bitte, Herr Emm, reden Sie hier von den unmöglichen Dingen, von der Zeit, die ausbleibt, dem Wort, das zergeht und nicht wieder kommt, und dem Träumer, der Nacht für Nacht auf die Straße läuft, gönnen Sie uns dieses Glück! Herr Emm schaut auf, ein Haar und noch eines schwebt zu Boden.

VII.

Lea kommt in Schlittschuhen gefahren, sie schleift Linien in den Nebel am Boden, kratzt mit den Füßen die Schilder von den Wänden, die Pfeile. Die Haare im Nacken verknotet, die Schultern leicht und breit, fegt sie aufwärts und abwärts, hinüber, herüber, manchmal hebt sie die Hand und winkt. Mit Augen aus Rauch, grau und blau, da sehen wir nicht durch, und das wissen Sie, Hanna. Herr Emm und Hanna schieben die Bank in die Mitte des Platzes, weit und breit nur wir drei, und am Horizont nichts. Was ließe sich suchen, das den Blick stört? Lea, könntest du nicht in die Luft springen, die Bühne wechseln, die Schilder zerschaben und in den Wind streuen und dann den Pfeil gegen die eigene Brust halten? Und versuch's mit diesen Worten: Hier drin haust O, und O hat mich tanzen gelehrt, lachen, über die Berge ziehen und Feuer machen. Wenn Lea in Schlittschuhen rundum kreiste, könnten wir uns ihre schmale Spur zu eigen machen, was meinen Sie? Lea! Bitte kommen Sie näher, schenken Sie sich ein wenig Ruhe und mir eine Zigarette! Lea gleitet näher, lachend, den Augen hinterher, die aus dem Boden strahlen. Sie setzt sich neben Herrn Emm und hält ihm die Zigaretten unter die Nase. Ich habe drei Tage lang meine Tür nicht aufgesperrt, ich habe das Telefon läuten lassen und Watte in meine Ohren gestopft, was geht mich der Lärm der anderen an. Herr Emm legt die Hand auf Leas Schulter und drückt sie leicht, ein fester Körper, der etwas erträgt. Und ich habe hallo gesagt, hallo, darf ich dir Milch für den Kaffee bringen, ein Stück Kuchen vielleicht? Was ich zu bieten habe? Die Spezialität des Hauses: Worte, die im Hals kleben bleiben und jeden Wunsch übertreffen! Hanna legt ihre Finger auf den Mund, ein Windstoß und Herrn Emms Schweigen blasen sie von der Bank. Sie sitzt auf Eis, die Beine von sich gestreckt, den Kopf gegen die Bank gelehnt. Wie heiter Lea ist, wie lustig die Stimme, wie glatt die Haare, als ob die Freude selbst sie hierher geflogen hätte, hier, auf diesen Platz, diese Fläche aus gefrorenem Wasser, mit den schmalen Kurven, die sich verwirren. Und diese Lippen, die voller nicht sein können, Lea, kommen Sie, trinken Sie mit mir, zögern Sie nicht, bei dieser Kälte! Herr Emm schiebt Lea eine kleine Flasche in die Hand, Lea trinkt. Hanna dreht den Kopf zur Seite, unglaublich. Herr Emm? Was ist passiert? Herr Emm schiebt die Hände in die Mantelärmel und drückt das Kinn gegen die Brust. Wie steht's um die Kartenhäuser, die Burgen aus Sand, die Türen aus Pappe? Haben Sie rechtzeitig den Schirm aufgespannt? Sind Sie den Anweisungen gefolgt, den Stimmen, und haben Sie nachts das Geschwätz der anderen zu den Ohren hinaus gepustet? Lea kann sich vor Lachen gar nicht mehr beruhigen. Zuletzt stand ich im Alter von acht Jahren in Schlittschuhen auf dem Eis. Ich schlich im Winter, während die anderen noch schliefen, zur Tür hinaus und lief, mit den baumelnden Schuhen in der Hand, zum Bach hinunter. Ich saß im Schnee und wechselte die Schuhe mit kalten und aufgeregten Fingern. Ich tappte aufs Eis, unter einen graugelben Himmel, für den ich mich nicht interessierte, so selbstverständlich wölbte er sich über mich. Keine Spur von Zigarettenasche zu meinen Füßen, keine Spur von diesem Kuchen, der kleben bleibt in der Kehle, ach, glauben Sie mir nichts, glauben Sie mir alles. Lea öffnet den Haarknoten im Nacken und setzt eine Mütze auf, sie klatscht in die Hände und bewegt sich fort, langsam, zögernd, als ob einer das Maß ihrer Schritte dirigierte. Hanna richtet sich auf, Glieder aus Holz strecken sich aus auf der Bank neben Herrn Emm. Sie rollt die Finger ein und umschließt die Daumen, öffnet die Hände, ein paar alte Sätze, eine Figur, die Eislaufen spielt und nach drei Schlucken nach hinten fällt, zurück in den Schnee, kein Grund zur Aufregung, auftauchen, winken, abgehen. Aber du darfst doch die Worte dazwischen nicht vergessen, ihr kleines Versprechen, ihr kleines Versäumnis! Hanna packt Eislaufschuhe aus und zieht sie an. Herr Emm beobachtet sie aus den Augenwinkeln, schabt mit dem Stock am Eis, Hanna, da sehen wir nicht durch, vergessen Sie es, schauen Sie mit mir zum Fenster hinaus, schauen Sie mit mir ein Fenster in den Boden. Herr Emm hebt, wie um den Beweis zu erbringen, die Hand und deutet mit dem Stock auf eine Stelle, in die ein Quadrat geritzt ist. Hat Lea das gemacht? Ein Fenster im Eis und wer hineinsteigt, kreist endlos auf einem Platz, der sich auflöst an den Rändern, dessen Häuser einstürzen, nach und nach, nein, wer hineinsteigt, kriegt eine Tür vor die Augen geknallt! Oder lehnt dort einer? Jemand mit ausgestreckten Armen, einer Sonnenbrille, halblangen Haaren. Kommen wir doch einmal woandershin zurück! Wohin geht's, wenn's nirgendwo hingeht? Hanna streift ihren Handschuh ab, schiebt ihre Finger zwischen Herrn Emms Finger und drückt sie. Herr Emm lacht, und Hanna zieht einen knochigen betagten Mann übers Eis, hin zum Fenster. Sie halten inne, und Herr Emm umrundet staunend vier Linien, während Hanna sich davonstiehlt. Die Augen schließen und den andern allein sein lassen mit seinem Gestern! Den Mann neben das Kind in den Schnee setzen, unter einen blaugelben Himmel, den keiner sieht! Das Kind auf den Winter warten lassen, auf die Wege, die es nimmt übers Eis! Warst du das, Lea, die tagelang nicht auf die Straße ging, die das Telefon läuten ließ, mit der Watte in den Ohren? Wer hat dann die Anweisungen befolgt, die Befehle entgegen genommen, die durch den Türspalt krochen? Sind die Stimmen erstickt, dazwischen? Hannas Worte bewegen kaum noch den Mund, Wölkchen in der Luft aus Atem und Rauch. Sie breitet die Arme aus, als segle sie über den Platz, was kümmern mich die Dachschindeln, die Ziegel, die aus den Hausmauern fallen, die Fenster, in denen einer etwas sucht. Lea hebt Herrn Emms Stock vom Boden auf, klemmt ihn unter die Achsel, läuft zu Hanna und lässt ihn vor ihr tanzen. Herr Emm, streuen Sie doch selber damit die zerschabten Schilder in den Wind! Winken Sie sich selber zu! Herr Emm setzt sich aufs Eis und lässt den Kopf hängen. Hanna sieht in Leas Augen die eigene Hand auf einer anderen Schulter liegen, sie hört sich Worte sagen, eindringlich, beschwichtigend, nein, ich weiß, niemand, niemand wollte je –. Die Kartenhäuser bauen, die Burgen aus Sand? Ich sah dich zusammenbrechen auf ihnen und wieder aufstehen. Lea knallt den Stock zu Boden, läuft davon, springt über Herrn Emm, als wäre er ein Häufchen Asche, ein Häufchen Linien, ins Eis geritzt. Gleich schließt sie den Kreis, schwebt über die Platzgrenzen hinaus, winkt und wirft kein Auge auf die Mauerreste. Herr Emm hebt den Kopf, blickt um sich, streckt die Arme weit vom Oberkörper. Wo ist das Fenster, die Wand im Quadrat? Ist Schnee gefallen? Sitzt ein Kind am Bach? Hanna hilft Herrn Emm auf, langsam gehen sie zurück zur Bank in der Mitte des Platzes. Wir sollten sie an den Rand schieben, auf die Mauerreste legen, nichts soll jetzt noch hier sein. Aber wenn jemand nach ihr riefe, wenn jemand Ausschau hielte, wenn jemand von da aus die Linien verfolgen wollte, die einer ins Eis zeichnet?

VIII.

Hast du mich die Gänge entlang eilen sehen, die Türen öffnen und den Rücken anspannen? Hast du die Sätze gehört, die ich lauthals durch den Saal geschrien habe, *das geht Sie doch alles nichts an. Wenn die Sache, die wir hier verhandeln, entschieden sein wird, sind Sie doch gar nicht mehr da!* Bist du auf der Schwelle gestanden, erschrocken, dass das ich bin, der da ruft? Hanna schließt die Augen, es ist Rio, der ruft, aber verstehe ich auch richtig, was er sagt? Er sitzt Lea gegenüber, auf einer zweiten Bank, inmitten eines Platzes, ringsum der Lärm einer Stadt, eine Baustelle um die andere, Angst. Hanna zieht eine Achterbahn mit ihren Schritten, manchmal streckt sie das Gesicht gegen den Himmel, als erwarte sie etwas. Rio spielt mit einer Karte, die aus der Jackentasche lugt, Lea lächelt und wirft das Haar in den Nacken. Jemand wartete auf mich, vor dem Lokal, aber als ich näher kam, stieg er ins Auto und fuhr einfach los. Am nächsten Tag handelte ich ganz wie üblich, ich befolgte jede Anweisung, nahm das Telefon ab und gab jede Antwort. Rio grinst, legt die Hand auf Leas Knie, wer's glauben mag, der glaube es. Hanna setzt jeden einzelnen Schritt so, als fürchte sie, auszugleiten, der Länge nach ausgestreckt am Boden zu landen, lass uns eine immer noch hilflosere Lage probieren, ein immer noch gewiefteres Spiel, Hanna, geh weg, geh woandershin. Rio bettet seinen Kopf auf Hannas Schulter, ich habe dich beobachtet, ich habe dich da sitzen sehen, sprechen hören, einmal hast du den Blick in die Menge schweifen lassen, bist hängen geblieben an fremden Augen, hast dann erschrocken alles zurück genommen. Schau auf den Boden, ist das eine glatte Fläche, Eis, Asphalt oder Matsch, wovor hast du Angst? Lea zieht an Hannas Hand, verstehst du, alles hängt davon ab, auf welche Weise du dich zur Wehr setzt! Hört Hanna recht? Wie ist das möglich? Wieder und wieder aufstehen, den Rand suchen, den Lärm rundum ertragen, und dann endlich, irgendwann, einen schmalen Weg finden, der hinausführt, wohin, zu jemandem, der Bescheid weiß, zu jemandem, der die Ereignisse kontrolliert, die Geschichten, die Worte, die sich wenden und drehen zwischen dir, dir und mir. Um dann einen klugen Satz aus dem Sack zu lassen: Aber bitte, für diese Misere tragen Sie die alleinige Verantwortung, um nicht von Schuld zu sprechen, niemand anders als Sie wollte, dass es sich so zuträgt! Hanna stopft Watte in die Ohren, Lea würde bestimmt die Faust auf den Tisch knallen, von Rio ganz zu schweigen, der auch noch die Tür zuschlagen würde, ein Rauswurf, endgültig wie nie zuvor. Im Traum zumindest, nicht wahr, ihr zwei? Hanna rollt die Finger der einen Hand ein, erhebt sich und wühlt im Gehen mit der andern nach einer Karte und einem Schreiber in der Tasche. Sich zur Wehr setzen! Die alleinige Verantwortung tragen! Das geht Sie doch alles nichts an. Wenn diese Sache entschieden sein wird, sind Sie doch ohnehin schon tot! Hanna zieht die Augenbrauen zusammen, folgt Rios Hand, wie sie Leas Knie streichelt, hört eine Stimme samtige Worte flüstern, die den Mund austrocknen. Rio, lass mich drei Sätze aufschreiben, lass mich dir drei Sätze schreiben, Lea, lass mich dir bitte folgendes erklären, verzeiht meinen Wunsch, meine Ungeduld: Manchmal erkenne ich die einfachsten Dinge nicht mehr, ich gehe hier auf dem Platz, diesem großen weiten Platz, entlang der Ränder und dann um die Bänke in der Mitte herum. Alle ringsum mühen sich ab, mir klar zu machen, dass ich gerade in einem Film spiele, ich spiele meine Rolle angeblich vortrefflich. Oder aber ich höre sie schweigen, und sie richten nur wortlos ihre Kamera auf mich, ihre Augen, und ich bewege mich weiter, ich weine und ich lache, ich umarme jemanden, der mir etwas bedeutet, bis ich die Hände zu einem Trichter forme. Ich will rufen: Aber ich fühle mich doch die ganze Zeit so, als ob ich *wirklich* wäre, ganz lebendig, und als ob es um mich ginge, um mich auch. Verzeih mir, kann sein, ich phantasiere nur. Und entschuldige den Überschuss, dass es mehr als nur drei Sätze geworden sind, dass es länger gedauert hat. Hanna steckt die Karte in die Tasche, sie fliegt in die Schublade und an die Wand, das Fenster im Boden. Sie dreht sich um, Lea und Rio stecken die Köpfe wie Schulkinder zusammen, hübsch anzuschauen, wie sich die kurzen Haare in die langen schieben. Jemand wartete auf mich, aber als ich ihm eine Fragen stellen wollte, drehte er sich auf dem Absatz um und lief fort. Hanna geht, als schleife sie etwas hinter sich her, das den Boden zerkratzt, die polierten blanken Steine, ist das wirklich eine glatte Fläche, Eis, Asphalt oder Matsch, wovor hast du Angst. Und wenn die Angst nichts weiter wäre als ein Platz, um den Verkehr braust, die Stadt, manchmal, zwischendurch, ein einstürzendes Haus am Rand? Oder das Blatt Papier, die Karte, die du jederzeit aus der Tasche ziehen kannst, beschriften, in die Schublade legen, an die Wand heften? Hanna setzt sich auf einen Stein und legt den Kopf in die Hände. Vielleicht wird hier nicht gespielt, vielleicht ist hier alles so ernst wie Leben und Tod. Vielleicht lebe ich wirklich, vielleicht die anderen auch. Und wie! Sie haben zu tanzen begonnen, Rio und Lea. In großen Schritten, Kurven und Wendungen, fest aneinander geklammert, bewegen sie sich über den Platz. Aber komm doch, Hanna, bitte, nur keine Scham, nur keine Scheu, weiter wird getanzt, bis uns die Füße abfallen. Erprobt hier jemand seine Eignung zum Hampelmann? Fühl dich ganz leicht und sieh dich an Schnüren und Stäben hängen, hierhin und dorthin fliegen der Arm, das Bein, die Hand. Niemand wollte je, dass die eine liegen bleibt am Boden und im Schlaf verbrennt. Wie geschmeidig du um die Mitte bist, wie schön. Hanna beginnt noch einmal von vorne, die Feder in der rechten Hand, Wort um Wort. Rio, vielleicht zittert ständig die Luft, vielleicht flimmern Staubteilchen vor deinen Augen, vielleicht winden sich verbrannte Finger am Boden, ich kann es nicht sehen. Aber wir laufen die Treppe hinunter, wir nehmen drei Stufen auf einmal, aus Angst vor denen, die hinter uns her sind. Wir spielen hervorragend, wir könnten nicht besser sein vor dem fremden Auge, das uns verfolgt. Ich fühle mich aber die ganze Zeit über so, als ob alles wirklich wäre und ich ganz lebendig. Wer wird es gewesen sein am Ende, wer hat die Finger in Brand gesteckt und dann auch den Rest? Verzeih, ich habe meine Rolle vergessen und deine auch. Lieben Gruß, Hanna. In der Ferne tritt Rio auf einen Kieselstein und ritzt damit einen Kreis in den Boden, ein Loch, in das er die Worte stößt, und sie sinken und sinken. Denk nicht mehr darüber nach, was das für ein Boden ist, Eis, Asphalt oder Matsch, wir haben so oder so ein Grab darin, und ein Auge, das herausstrahlt. Lea wirft ihre Haare in den Nacken, flüstert Rio etwas ins Ohr, so still ist es plötzlich, so unheimlich und kalt. Hanna rührt sich nicht mehr, das war ich, die dich die Gänge entlang eilen sah, und die Tür öffnen. Ich bin auf der Schwelle gestanden, unfassbar dieser Schrei, unfassbar die Hände in den Hosentaschen, und wie sie sich entzogen, wie sie sich ausstreckten und dann zurücknahmen, wirklich, ein lustiges Spiel. Das Kinn in die Höhe gehoben und der Schrecken im Aug so unbestimmt, so für alle und niemanden. Aber noch einmal, von vorne, immer wieder: Ich hab ihn angeschaut, hier, wo du verschwindest.

»Mach, dass ich zu dir sprechen kann.«
»Ja, sprich jetzt zu mir.« –
»Ich kann nicht.« –
»Sprich, ohne zu können.«

IX.

Ich glaube nicht, dass ich vorschnell müde werde nach einer Erklärung zu suchen, nach einer angemessenen Deutung für Hannas Zustand, bestimmt nicht, ich bringe Tage und Nächte damit zu, folge ihr durch Stimmen und Bilder, halte dann und wann einer spöttischen Frage stand und sogar Anflügen von Zorn gegen meine Gegenwart. Wie kommt es, dass du meiner Nähe nicht völlig überdrüssig wirst, geh doch. Als ob wir ständig auf einer sich drehenden Plattform säßen, und immer an dieser Stelle kommt jenes Gesicht über uns, dann ein anderes, und je länger du hinschaust, je länger du ausharrst, je genauer du wissen willst, wie das Licht fällt, woher es kommt und wie viel Schatten dich schon zudeckt, desto unruhiger wirst du. Warum lässt du es dann nicht endlich sein, warum gehst du nicht oder schließt wenigstens die Augen, sagst, gut, ja, so ist es gut. Nein, ich gebe dir alle Zeit der Welt.

Manchmal, ich bin nicht sicher, ob Hanna das weiß, tappe ich nachts in ihr Zimmer, ohne Licht zu machen, und fahre mit den Fingern über die Wand, wellige Wände aus Papier, wohin geht sie hier im Kreis? Es ist wahr, dass ich müde bin, aber nicht müde, um zu schlafen, sondern müde, um in Hannas Zimmer wie auf abschüssigem Boden zu gehen, bei jedem Schritt rutsche ich ein wenig ab, ein wenig zur Seite, und an den Seiten verwandelt sich das Papier zu festen, kleinen, merkwürdig runden Spitzen, in deren Schwung ich mich bette. Bette? Danke, Hanna, für deine Skepsis, für jede einzelne Frage. Ich bin hier barfuß unterwegs, hier zählt der entlegenste Nerv, und ich will die Stimmen hören, die aus den Spitzen dringen. Hätten sie dich nicht gefangen, säßest du nicht hier auf der Bank, unter dem Dachfenster, sähest hinaus und doch nicht hinaus, fielest nicht immer wieder in diese Falte zurück, diesen Spalt in deiner Geschichte, diesen kleinen Riss in der Lippe. Da! Der Satz vom Glück, ich will jetzt nicht vertrieben werden aus dieser Zeit – *aus dieser Zeit, Hanna, nach der wir suchen. Hast du dich dieses Wunsches geschämt, hast du ihn gescheut?* –

Ich zweifle nicht daran, dass Hannas Erinnerung vage ist. Beim Aufwachen murmelt sie die Worte so leise vor sich hin, dass ich Mühe habe, sie zu verstehen: Es ist, als ob etwas auf mich zukäme, das mich an meinem fremdesten Ort erfüllt und erschüttert. Nein, der Satz lautet anders: Es ist, als ob das Rauschen eines anderen mich mit sich forttrüge, übermorgen, und etwas zurückließe, das mit allem von vorne anfangen muss. Oder nein, so muss es heißen: Es ist, als ob etwas in mich käme, das schon einmal da, aber dann sehr weit fort war, verloren. Es ist hell und weich, kann sich aber unversehens verdüstern und hart werden, kann mich ebenso schnell verströmen wie zusammenziehen, zersetzen wie vereinen. Hanna, wach auf, bitte! Hörst du die Stimme, die mitspricht? Sag es anders! Fangen wir, bevor wir zwischen und vor die Spitzen treten, mit den einfachen Dingen an. Du kochst Kaffee, und ich hol frisches Brot vom Bäcker, und den Tisch decken wir am Balkon? Und in der Zwischenzeit wachsen am Boden Eisblumen, und wir haben etwas Klares unter den Füßen, gib zu, dass dir dieses Gefühl nicht gänzlich unbekannt ist. – Wie oft haben Hanna und ich diese Szene geübt? Ich weiß es nicht mehr, ich habe ja gesagt, dass sich auch in mein Gedächtnis sehr dunkle Flecken geschrieben haben und ich mich fortwährend dahin verirre, wo ihr Abdruck sich an den Rändern zerfranst. Vielleicht verlange ich nach nichts anderem als nach einer Form für dieses Zerfranste, ich will, dass es glatt wird, wenigstens zwischendurch, etwas, das die dunklen Flecken zusammenhält, abrundet, prägt, und wenn auch nur, damit ein wenig Vertrauen in meine eigenen Schritte zurückkehrt, mein Ausholen und Greifen nach dem, was verstrichen ist, nein, gewesen sein könnte. Wenn ich mich vollends Hannas Befinden überließe, wenn ich aufginge in ihrer Lage, ihrem Sitzen und Schauen, der Art, wie sich ihr Atem beschleunigt, bevor sie aufschrickt und sagt, alles zersetzt und gelöscht, alles zerrissen und ausradiert, alles entsorgt und vergessen, *dann – ja, was dann. Vor allem könnte ich nicht mehr sprechen, weil mir jedes Wort schon im Vorhinein bedroht erschiene, gezeichnet vom Abgrund, dem es sich ausliefert, wenn es etwas will. Mehr von allem, mehr vom Leben, mehr von dir, mehr von mir! Hannas Wünsche, überall. Ihr mangelnder Sinn für das Wirkliche, ihr unglaublicher Drang nach Erinnerung, danach, vage Verbindungen zwischen den Ereignissen zu knüpfen, nur, um sie sogleich wieder aufzulösen. Zwischen Ereignissen? Nein, zwischen Stimmen, Händen, Fingern, Augen und Sätzen. Was vom Schönsten und Unsichersten, warum denn nicht. Egal dass sie dann die Augen in den Teppich gräbt, immer an dem Faden vorbei, der noch hält. Eine notwendige Folge, was soll's. Dafür gleiten wir langsam dorthin, wo wir schon einmal waren, wenn auch anders: Hier. Hier gehe ich auf einem Weg, es könnte der samtige Boden eines Waldweges sein und der staubige Asphalt der Straßen rund um uns. Immer kommen, so sehr ich mich auch entferne, die anderen auf mich zu. Rio bleibt stehen und schaut mich so seltsam an, fast mitleidig: Mach dir einen schönen Abend, mach dir schöne Tage und hab viel Freude beim Spazierengehen. Seine Hand streicht über meinen Arm, und ich sage nichts. Später aber das Papier an der Wand, der Gang über den abschüssigen Boden, die Vorsicht vor den Spitzen:* Ich möchte jetzt nicht vertrieben werden aus diesem Glück. – *Hanna, dieses Glück ist vorbei, vorbei, vorbei, verdammt, würdest du dir jetzt bitte ein anderes suchen? Aber einmal gingen wir gemeinsam über genau diesen Boden, ohne Schuhe, ein durch und durch weißer Raum, gebrochenes Weiß. Wir hielten inne und legten die Ohren an die Wand, lauschten dem Flüstern und sahen uns an. In den Schwung der Spitzen legte ich mich wie in eine Nussschale, und es blieb kein anderes Wort als dieses zu hören:* Komm. *– Was sollte ich weiter noch sagen? So und nicht anders verhält es sich nun einmal mit Hanna, mit ihrer Hartnäckigkeit und ihren märchenhaften Anfängen: Aber einmal sind wir … aber einmal ist der andere … aber einmal hast du … aber einmal habe ich … ein ständiges Kippen von hier nach dort, immer ein Fallen von einem ins andere Bild, ein Wanken und Taumeln, nur um –. Das ist nicht wahr, hörst du, das stimmt nicht, es ist ganz anders, sei* still! *– Danke, und schon bin ich draußen, daneben, im Zimmer darunter oder darüber, sehe zum Fenster hinaus und überliste mich dazu, die Knospen am Kastanienbaum zu bewundern, die Tatsache, dass sie bereits jetzt im Winter so tun, als ob sie jeden Augenblick austrieben. Wirklich, warum sollte es den Jahreszeiten auch nicht gelingen, mich in Staunen zu versetzen, ins Schwärmen und Träumen und Sinnieren? Es gibt nichts dagegen einzuwenden, die Augen zu schließen und sich samtige Waldböden vorzustellen, über die einer wandelt und sich vergisst. Noch einen andern Trick kenne ich: Wogende Kornfelder, über denen der Mond hängt. Und niemand tappt in dieses Bild, auch ich nicht, ich sehe einfach nur hin, atme mit der Bewegung der Ähren und schlafe so langsam ein. – Aus! Soll Hanna sich winden daneben, krümmen, soll sie von einer Schachtel zur nächsten greifen, von einer Spitze zur anderen, um die Worte wieder und wieder zu holen,* ich möchte jetzt nicht vertrieben werden, *und dann auffahren, die Hand auf die Stirn legen, auf die Brust, sagen, ich kann nicht mehr, ich bin so müde, mach, dass es aufhört. Hanna, komm, erinnere dich, einmal sind wir …, einmal bist du … –*

X.

Hier ist nicht viel zu tun, hier wird sich immer Ähnliches zutragen, und die Tage verlieren sich wie Blätter in der Luft. Herr Emm aber hebt den Arm und drückt Hannas Türklinke nieder, tritt ein, sieht zu, wie sie die Bücher von hier nach dort verstellt, den Staub von den Rändern bläst, eine Seite aufschlägt und den Blick zum Fenster hinaus richtet. Ich habe mich in allem geirrt. Es war anders, der junge Mann hat anderes getan, anderes gesagt, und er stand auf der Brücke, nicht auf den Plätzen. Sehen Sie, mein Wunsch hat alles verwischt, meine Hände zittern, und ich habe in der Nacht kaum den Weg in den Keller gefunden. Ich möchte so gerne an etwas erinnert werden, verstehen Sie. Ich möchte, dass etwas wahr gewesen sein wird. Ich möchte da gewesen sein. Aus Herrn Emms Fingern löst sich ein vergilbtes Blatt und schwebt zu Boden, Hanna bückt sich und legt es auf den Tisch. Habe ich schon gesagt, dass dieser Mann, von dem ich erzählen wollte, nie jung war. Er sprach mit sechsundzwanzig in der Art eines Weisen, wie jemand, der im Bild bleibt und nicht heraustritt. Sollte Hanna etwas tun, schnell, bevor Herr Emm wiederholt, dass sie damals immer von vorne begonnen haben, immer voller Sehnsucht nach den Händen des anderen? Seine Melancholie, fährt Herr Emm fort, hat ihm das Leben verdorben. Herr Emm hält seine Hand vor das Gesicht, spreizt die Finger und schaut, als wüchsen Häute zwischen ihnen, Hanna lacht und klettert auf die Mauer einer Burgruine. Zwei Männer mit zerknüllten Hemden und bloßen Füßen spielen mit Jonglierbällen und hüpfen von einem auf das andere Bein. Schmink mir ein Clowngesicht, Hanna, ruft einer von ihnen. Und der andere: Lass mich Zöpfchen in deine Haare flechten. Hanna springt von der Mauer, schlägt einem der beiden den Ball aus der Hand, wirft ihn hoch, fängt ihn wieder und rollt ihn dann zur Mauer, wo er liegen bleibt. Aus ihrer Hosentasche holt sie einen Lippenstift, mit dem sie zuerst beiden Jongleuren einen dunkelroten Mund malt, dann sich selbst. Erfindet Namen für mich, bitte! Und dann? Hanna schwingt sich auf die Hände und lehnt die Beine an die Mauer. Aus ihrem hängenden Gesicht leuchtet ein roter voller Mund, die Haare streifen den Boden. Die beiden Männer setzen sich neben sie und werfen einander Bälle zu, schnell und fest. Mund, der die Erde küsst! Hand, die auf Ruinen turnt! Gesicht, das in der Luft hängt! Sonne, die uns wärmt! Sonne, die uns täuscht? Hanna, wissen Sie, meine letzte Nacht unterschied sich ganz und gar von den Nächten davor. Mein Bein schmerzte, als ich in den Keller stieg, und den Handlauf an der Wand erreichten meine Finger kaum. Mich fror, aber hätte mich die Kälte halten sollen? Ich schaltete meine Taschenlampe ein, zumindest ein paar Schritte lang wollte ich nur das halbe Licht, nicht das ganze. Lachen Sie nicht über die bescheidenen Waghalsigkeiten eines alten Mannes! Ich habe aus dem Keller ein Bündel Briefe geholt, das ohne irgendein Band rundum unter den Schachteln versteckt war. Mit dem Saum meines Schlafmantels habe ich beim Zurückgehen noch einmal den Staub vom Boden gewischt und ein wenig gezittert, als ich im Wohnzimmer Licht machte und die Briefe wie Geduldspielkarten auf den Tisch legte. Herr Emm tastet mit den Fingern seiner linken Hand zur Schläfe, als schmerze ihn etwas, Hanna wendet den Blick ab, macht ein paar Schritte zur Teppichstufe, setzt sich hin und verbirgt den Kopf in den Armen. Was, wenn sich später einmal die Worte verwirren, die wir gern gehört, gesagt, gelesen und geschrieben hätten? Und erst die wirklichen, an die wir uns ganz und gar und wörtlich erinnern. Weißt du noch, wie die Person aussah, die du dir vorstelltest, als du die Feder übers Blatt fahren ließest und den Briefkopf vollends vergaßt? Und die, mit der du eine Zeit lang täglich gesprochen hast? Immer, wenn ich zu sprechen ansetzte, schob sich ein neues Gesicht vor das, an das ich meine Worte richtete. Ich wollte mir mit meinen Fingern abhelfen, mit ihnen ganz sanft über das Gesicht des anderen streifen, um mich zu vergewissern. Gib zu, dass ich diese Frage nicht stellen kann: Bist du es, der da war? Herr Emm kommt näher, Hanna zieht ihn vorsichtig neben sich auf die Stufe, schiebt ihren Polster hinter seinen Rücken und deutet auf das vergilbte Blatt am Schreibtisch. Diesen Brief habe ich selber geschrieben und offenbar niemals abgeschickt. Ich weiß es nicht mehr, nicht mehr sicher genug, aber ich war halb so alt wie jetzt. Herrn Emms Stimme zittert leicht, er räuspert sich mehrmals, nimmt ein Taschentuch und putzt die Nase. Halten Sie mich bitte nicht für verrückt, Hanna, aber ich glaube, ich adressierte ihn an eine Person, die es gar nicht gab. Ich schrieb vielleicht dies hier: Wochenlang schon sehe ich dich die Straßen entlang eilen, immer an meinem Fenster vorbei, ich sehe dich Türen öffnen und höre dich Worte sagen, so ernsthaft, als ob dein Leben davon abhinge. Kaum entdecke ich dich, glaube ich die Unruhe zu fühlen, die dich durch die Straßen treibt und dann und wann, kaum, innehalten lässt. Mit welch täuschendem Schwung du eine Tür aufreißt! Mit welcher Sicherheit du die Handlungen anderer dirigierst! Wer würde da glauben, dass du abends nachhause kommst und eine halbe Stunde über das Fell der Katze streichst, mit Augen, die sich im Kastanienbaum vorm Fenster verlieren, und Händen, die sich nicht zurückziehen. Vielleicht erinnerst du dich dann an die Worte, die du gehört hast auf der Brücke, am Platz, unterm Baum. Jemand mit einer hellen weichen Stimme hat dir eine Geschichte erzählt, kleine Stücke, aber während du nachdenkst, weißt du schon nicht mehr, ob wirklich du ihr Zuhörer warst, ob die Geschichte dir galt. Vielleicht galt sie niemandem. Ich habe dich auch vom Stuhl aufspringen sehen und mit fester Stimme sagen hören: Diese Geschichte war nichts als ein Traum. Aber wovon war darin die Rede? Herr Emm sieht Hanna an, wer hätte sich vorstellen wollen, dass alles, was du berührst, aus den Fingern rutscht, die stummen Dinge. Da halten wir die Arme lieber auf dem Rücken oder vor der Brust verschränkt und senken rechtzeitig den Blick zu Boden oder lassen ihn ziehen und schweifen, immer hinaus zur Tür, hinaus in den Wald. Drei Menschen finden wir zwischen den alten Steinen, einer geht auf Händen, die zwei anderen werfen Bälle in die Luft und einander zu. Herr Emm, lassen Sie uns die kleinen Stücke Geschichte erfinden, gehen wir einfach rundum und beobachten wir dabei, wie sie langsam zurückkommt. Und schminken wir die Münder, dann geht's leichter. Hanna nimmt einen Lippenstift aus der Hosentasche und bemalt damit zuerst Herrn Emms schmale Lippen, dann ihre eigenen. Sie steht auf und greift nach dem vergilbten Blatt am Schreibtisch. Wollen wir den Beweis erbringen, wollen wir? Herrn Emms Wangen färben sich rosa, im linken Auge sitzt eine Träne. Mein lieber ...! Nacht für Nacht wünsche ich mir, du wärest damals nicht einfach aufgesprungen und die Treppe hinunter gelaufen. Kaum ein Tag vergeht, an dem ich nicht darüber nachdenke, wohin es dich wohl verschlagen hat, wo du dich aufhältst. Bist du wirklich so ein Schatten geworden, läufst du durch die Straßen wie ein Getriebener, wie ein Verfolgter? Wenn du kämst, bürstete ich die Katze nur für dich. Herr Emm drückt die Hand gegen die Lippen, hält den Atem an, Hanna lehnt sich gegen die Bücherwand, gräbt die Augen in die Staubwolke am Boden. Herrn Emms Rücken wölbt sich über die Stufe wie ein Berg. Und wenn etwas darüber hin liefe, eine Feder, die Katze?

XI.

Die Tage verschwinden einzeln im Abfluss, die Tage sind eine schwere, zähe Masse, die sich auf dich legt, wenn du nicht rechtzeitig die Knie abwinkelst und die Beine anziehst, weg vom Boden, stimmt das, Hanna? Lea wirft die Tür von innen zu, geht drei Schritte in die Mitte des Raums, verschränkt die Arme über der Brust. Man gab mir einen Auftrag, Hanna, etwas zu tun, schnell und sofort, und ich lief die Gänge entlang, stieg in den Aufzug, fuhr hinauf, öffnete eine schwere Tür und legte die Finger an die Schläfe. Ich nahm einen Stapel Papier entgegen, schaute ihn an mit dem Ausdruck größten Interesses, nickte und sagte ja, ging hinaus, nicht ohne mich noch einmal umzudrehen und zu wiederholen, welch großes Vergnügen mir diese Tätigkeit bereite, wie sehr sie mich erfülle und dass sie mir allen Grund gebe, an meine Zukunft zu glauben. Zurück in meinem Zimmer öffnete ich das Fenster, mir wurde heiß und schlecht, und von einer Sekunde zur anderen konnte ich mich nicht mehr erinnern, was mit dem Papier nun eigentlich anzufangen war. Das Papier bekam einen Mund, riss ihn auf und schnappte nach mir, es wand sich am Boden wie ein verendendes Tier. Ich lehnte mich zum Fenster hinaus und zündete eine Zigarette an. Lea führt die linke Hand zur Schläfe und beginnt zu lachen. Eine komische Geschichte, Hanna, nicht wahr. Hanna zieht die Augenbrauen zusammen, legt die Stirn in Falten, stellt sich hinter Lea und fängt an, ihr Haar zu einem Zopf zu flechten. Später lief ich noch einmal hinauf, aber diesmal ohne den Aufzug zu benutzen, ich wartete das Wort nicht ab nach dem Anklopfen und trat ein. Das Zimmer war leer, und am Schreibtisch meines Auftraggebers lag eine dicke Katze mit einem schwarzweiß gefleckten Fell. Ich legte das Papier auf den Schreibtisch und nahm die Katze mit. Zuhause saß ich zwei Stunden auf dem Bett und streichelte sie. Lea löst sich, presst sich an den Tisch, setzt sich darauf und baumelt mit den Beinen. Sie springt herunter, schlägt die rechte Hand auf die Stirn, wie lautete mein Auftrag, Hanna, das Papier liegt im Zimmer am Boden, ich habe vergessen, was zu tun ist, ich habe meinen Auftrag nicht verstanden. Lea reibt ihre Augen, geht zur Teppichstufe und setzt sich, ihre Schultern zucken und der Gehsteig auch, Rinnsale von Druckerschwärze und Tinte laufen aus dem Papier die Straßen hinauf in den Wald, eine schwarze Spur im Schnee. Hanna nimmt Leas Hand und treibt die Tage hinunter zum Ufer am Bach. Es singt unterm Baum, hörst du es, das Kind dort, mit der Nase in der Sonne, dem Haar in den Augen. Die Wolke liegt im Gras, und wir schlagen ein Rad mitten in sie hinein und rollen näher ans Wasser heran. Die Steine, die wir springen lassen, sind so leicht wie die Sätze, die wir hörten, komm, ich verwandle eine Geschichte für dich in einen Traum. Oder nein, nur einen einzigen Satz, den Satz vom Wünschen, der das Märchen eröffnet, durch's offene Fenster zurückfliegt und auf dem Schreibtisch liegen bleibt. Schau, er geht auf Stelzen so geschickt, als ob es seine Beine wären. Lea gähnt, ich bin so müde, Hanna. Sie zündet eine Zigarette an, steht auf und zieht ein Buch aus dem Regal, mehr ist uns also nicht zu tun geblieben, ein Auftrag, den ich nicht verstehe, Papier, das am Boden verdorrt. Aber immerhin, das richtet uns eine Zukunft aus, eine, deren Abende verlaufen wie die jetzigen. Die Tür geht auf, die andern kommen herein, zünden sich Zigaretten an, öffnen eine Flasche um die andere. Die Tür geht auf, der Tisch ist gedeckt, schwarze Hosen stolzieren herein, schwarze Jacken, Mäntel und Anzüge, rote Brillen und grüne, Turnschuhe, ein Korken nach dem andern knallt. Die Tür geht auf, die andern setzen sich, wisst ihr schon, dass A –. Wisst ihr schon, dass B –.

Und erst C, diese lächerliche Gestalt! Das ist der Preis für den Auftrag, ein schöner Preis, die Korken knallen, die Zigaretten gehören allen, die Bücher rund um uns auch, unsere Leben, unsere Rettungsringe. Stimmt's, jetzt brauchst du nicht mehr nachzufragen, wer das gesagt hat, jetzt weißt du's schon. Ich nämlich, ich, die lächerlichste Gestalt von allen. Wir sind gut im Lügen geworden, Hanna, nicht wahr, du auch? Aber hier, meine Güte, hier gibt's immer noch die fünf Worte, die uns zum Lachen bringen und Os Geschichte als eine Geschichte unzähliger Verwandlungen, tiefen Schlafs, einer Liebe, die ging, und einer, die kam, einer, die fehlte, und einer, die blieb. Schau mich nicht so an, Hanna, ich kann mich nicht entscheiden, ich habe mich schon entschieden. Hanna schrickt auf, das Papier windet sich am Boden wie ein verendendes Tier. Welches Bild unter den Kopfpolster legen, welchen Satz an die Wand malen, welche Kreise ziehen um den Baum? Wie kommen die Nächte in uns, wie die Tage? Wie krieg ich die Aufträge hinaus aus den Ohren, wie das Geschwätz? Ich wollte doch nie etwas anderes als die Decke über den Kopf ziehen, aber die Zukunft. Die Zukunft wächst nicht unter der Decke, sie wuchert in der Nacht wie ein Geschwür, dem ich vorzubeugen habe. Hanna hockt sich auf die Stufe, die Taube auf dem Gehsteig pickt die Tage auf, die Tage mit den Kindern am Bach, die Tage mit den Rädern in den Wolken. Hanna blinzelt durchs Haar, komm, wir gehen zusammen hinauf, wir knallen dem Auftraggeber das Papier vor die Füße, wir schütteln den Kopf und reißen ihm alle Fenster auf. Laufen? Schweben? Wie die Steine springen auf der glatten Fläche, wie die Kreise sich dehnen, komm, ich verwandle eine alte Geschichte für dich in einen Traum, wir gehen zusammen auf Stelzen. Lea sitzt auf dem Stuhl vor dem Tisch, weit weg, den Kopf in den Händen. Was noch lebt, schaut eine Lücke in das Buch und Wolken in den Staub. Das Telefon läutet und keiner hebt ab. Hanna steht auf und geht zur Tür an der Rückwand des Zimmers. Sie lehnt sich an und verschränkt die Arme über der Brust, sie steht mit gesenkten Augen, als läse sie Worte vom Boden. Zwei Münder schwimmen im Wasser, einer lacht, und der andere bläst Luft hinaus. Guten Morgen, wir werden uns nie wieder sehen, vergeben Sie mir jeden einzelnen Auftrag, dem ich nachgekommen bin. Guten Abend, liebe schwarze Sakkos, liebe grüne und rote Brillen, liebe schicke Turnschuhe, darf ich euch einen Platz am Ufer reservieren? Wie wär's mit ein wenig Schlamm, ein wenig Dreck auf den Brillengläsern? Gute Nacht, schöne Worte über A und B und C, wirklich eine lächerliche Figur, diese C, schmeißen wir sie einfach aus dem Bild, das wir sind, werfen wir sie einfach der Katze vor zum Fraß. Lea, schläfst du schon? Hanna schüttelt sich, sie schüttelt sich in einen anderen Körper hinein, macht drei Schritte und legt eine Hand auf Leas Schulter. Lea rührt sich nicht, auch dann nicht, als Hanna sich niederbeugt und mit ihrem Kinn Leas Kopf berührt. Bist du das Mädchen, mit dem ich vor hundert Jahren in den Bach gefallen bin? Winkel die Knie ab, zieh die Beine zu dir, nur einen kleinen Augenblick, darunter huschen die Tage an uns vorbei, lass sie doch.

XII.

Ein Gesicht zerfällt im Schatten, zerfällt über den Tagen, die in Atemnot keuchen, immer den alten Bildern davon und ihnen hinterher. Setzt es sich täglich neu zusammen? Ich erinnere mich an eine Hand, die mich an der Schulter festhielt, Augen, die auf mir klebten, kaum dass der Tag zur Tür hereinschaute. Und nur nicht davonlaufen, Hanna, niemand hat das gesagt, aber ich habe es die ganze Zeit über gehört! Nur sich nicht ins Gras legen, ins Wasser springen, halt, was geht es dich an, dass sich die Erde dreht, dass sie sich rundet, hier und dort, dass du, zusammengekrümmt, ein Stück Fleisch, jederzeit fallen kannst, stürzen. Rio runzelt die Stirn, streckt den Rücken, zuckt zusammen, als er die Tür ins Schloss fallen hört. Er lehnt sich an die Bücherwand, Hände in den Hosentaschen, und stiert zu Boden. Hanna stellt sich neben ihn, senkt den Kopf und legt eine Hand in die andere. So könnten wir das Gesicht im Schatten suchen, Stücke, und es dann bemalen, Augen, Lippen, Wangen. Hanna, ich verrichte dort nur meine Arbeit, und ändern kann ich nichts, gar nichts. Kaum gehe ich hin, kaum öffne ich die Tür und den Mund, sprechen die anderen, quellen die Stimmen über aus mir: Das geht Sie doch gar nichts mehr an! Wenn die Sache, die wir hier verhandeln, entschieden sein wird, sind Sie doch längst nicht mehr da. Bekomme ich nicht noch etwas von Ihnen, schulden Sie mir nicht noch etwas? Beeilen Sie sich doch, machen Sie schneller! Ich habe einen Auftrag für Sie! Hanna durchquert den Raum, es fällt Licht ins Eck, auf den Staub, das Papier mit den wenigen Worten. Ankommen aber. Und jederzeit kann ich auch schweigen, ich schweige, ich sage sicher nichts dazu, und wenn jemand anders die Tür öffnet, jemand, den ich nicht darum gebeten habe, mich aufzusuchen, ziehe ich die Augenbrauen hoch, mustere die eintretende Person von den Haaren bis zu den Zehen, mein Blick ein Maßband. Hannas Augen wandern über die Regale, von links nach rechts und zurück, sag ich jetzt sicher nichts dazu? Aber du hast mir doch aus der Ferne gewunken, mir zugerufen und gefragt, magst du meine Luft trinken, magst du anfangen, alles zu vergessen? Du hast einen Namen, und ich erfinde fünf weitere für dich, damit du dich in ihnen ausprobieren kannst, immer auf einem abschüssigen Boden, kleinen und großen Steinen entlang, die sich zu Spiralen winden. Bist du schon da, bist du schon angekommen, irgendwo? Hanna öffnet Rios Hand, zieht mit dem Zeigefinger kleine Kreise über die Furchen, zeichnet einen Buchstaben hinein und fährt mit den Fingerkuppen darüber, als ob sie die Buchstaben wieder löschen wollte. Liest Rio, was Hanna in seine Hand schreibt, liest er die Wörter, oder sieht er nur die Finger, wie sie über einen gezeichneten Buchstaben streichen, zum Zeichen dafür, dass er vollendet ist, dass ein neuer ansetzt? W-o-m-i-t b-e-g-i-n-n-t d-i-e W-e-l-t? Womit beginnt die Welt zwischen uns? Nur manchmal, zwischendurch, erinnere ich mich, ich erinnere mich an ein altes Bild, daran, wie Menschen unter einer Wolke stehen und hinaufschauen, als ob die Welt für sie nie mit etwas anderem begonnen hätte als einem Blick in die Wolke. Und dann zurück, einem Blick ins Gesicht des andern, nur um zu einer Frage zu finden, einer schönen Frage. Rio entzieht Hannas Fingern seine Hand, steckt sie in die Hosentasche und geht zum Tisch. Die Tage ein Rasen, eine Atemnot, und die alten Finger, die Finger aus den frühen Tagen, kleben am Hals, an den Schultern, an der Türklinke des Zimmers, in dem du dich verbirgst. Nur da nicht heraustreten, nur da hocken bleiben, in der Mitte oder vorm Fenster auf der Couch, mit dem Buch in der Hand, oder, seltener, einem Brief, die gelesenen Worte hämmern sich wie

Schläge in den Kopf, Fragen wie Spitzen vom Haaransatz bis zu den Zehen. Da drin rundet und wölbt sich nichts. Wirft Rio jetzt den Tisch um? Knallt er die Bücher zu Boden? Schlägt er seine Hand in die Fensterscheibe? Wohin mit dem Blut, das in den Adern trocknet? Hanna verschränkt die Arme vor der Brust, starrt große dunkle Löcher in den Boden, Löcher mit Wänden, an denen sich jemand entlang drückt, jemand mit im Schrecken vergrößerten Augen, ich möchte fort, bitte lass mich, lass mich gehen, ich kann mich nicht bewegen, die Tage sind im Aug zu Eis erstarrt, ich rutsche aus, immer und immer wieder. Rio dreht sich um, geht zur Teppichstufe, schlingt seine Hand um Hannas Gelenk, zieht sie zu sich auf den Schoß, will sie an sich drücken, komm, komm zu mir. Ich saß da, auf meiner Couch, allein in meinem Zimmer, und während ich vor mich hin sprach, während ich meine Rede übte, hörte ich den Tonfall, den Satzbau eines anderen, einer frühen Stimme, ich weiß es nicht, aus mir sprechen. Merkwürdiges Spiel: Bevor ich den Ball davonrollte, wegwarf, lag er schon an seinem Platz, dem einzig möglichen. Und ich ihm hinterher? Ich sprang auf, rannte zu meinem Regal, griff nach den Schachteln im untersten Fach und stülpte sie um, ich tauchte die Zehenspitze in die alten Briefe, mehr nicht. Hanna ballt die Hände zur Faust, die Lippen werden heller und heller, warst du das, der mir einfiel, als ich durch die Gassen lief, plötzlich auf jemanden zu, der aus dem Verdeck trat, mit den Augen in den Wolken, dem ich – immer verzögert, weil ich nicht rechtzeitig zu mir zurückkomme –, die Worte auf den Rücken schrieb, hörst du, wie der Atem dabei flacher wird. Sie löst sich und steht auf, tritt vor das Fenster, rollt die Finger um die Daumen, drückt sie, zieht die Stirn in Falten, die Tauben und ihr jämmerliches Hüpfen und Gurren, wie sie den Hals der anderen picken. Sie schüttelt den Kopf, legt die Hand auf den Bauch, es wird Abend und der Staub von Minute zu Minute unsichtbarer. Morgen gehe ich, wie jeden Tag, wieder hin. Ich öffne die Tasche und lege die Bücher und den Kalender auf den Schreibtisch, im Sitzen schlage ich ein Bein über das andere. Meine Mundwinkel hängen herab, und wenn die Tür aufgeht, werfen meine Augen ein wenig Spott auf den Eintretenden und seinen lächerlichen Auftrag. Dann beeilen wir uns damit, zur Sache zu kommen, und im besten Einvernehmen trennen wir uns wieder. Wie reizend du bist, wenn du nicht zustimmst. Hanna fährt sich mit der rechten Hand über den Nacken, schließt die Augen. Wie lange ist es her, wann war das, wann blieb ich stehen auf dieser Schwelle, oder saß ich, im Haus gegenüber, auf dem Fensterbrett, über dem rauschenden Verkehr. Einen Augenblick sah ich in zwei vor Trauer geweitete Augen, die nichts als die schwimmende Linie zwischen Meer und Himmel suchten und diesen unendlich klaren Punkt in ihr. Bitte bleib da, bitte geh in dieser Minute nicht fort, bitte sag nichts. Oder sag, was ich früher einmal hörte: Gesicht, das in der Luft hängt! Sonne, die mich wärmt! Sonne, die mich täuscht? Ich bin so lächerlich geworden, weil ich in regelmäßigen Abständen dieselben Orte aufsuche, immer den Augen auf der Spur, der Geschichte, die sie, mit zarten Buchstaben, auf die Linie schreiben: Nachts verwandelte sich die Wohnung in ein Schiff, das auf dem Meer schaukelte. Die Teekanne auf dem Tisch zitterte und bebte und wurde, wenn ich morgens nach ihr griff, zu einem Gefäß von unbeschreiblicher Kühle, das aus den Fingern glitt. Rio springt auf und schlägt sich fast den Kopf am Treppengeländer an. Er reibt sich die Augen, das Gesicht im Schatten zerfällt, die Stücke ein Maßband um mich herum, und die Zehenspitze deckt es nicht zu, wenn ich sie in die Briefe schiebe. Hanna, lass es doch, lass es doch in Ruhe, dieses Gesicht. Ich?

»Sag, bist du krank?«
(…)
»Ich bin nicht krank, ich bin ja tot.«

XIII.

Der Wind pfeift ums Dach, während Hanna auf dem Sofa sitzt und in den Teppich schaut, in die weißen Flecken. Welche Jahreszeit haben wir gerade? Ist immer noch Winter, was meinst du, Hanna, weißt du es? Wenn ich vor dem Fenster stehe und mit meinen Augen über den abbröckelnden Putz der Schornsteine wandere, die Hände auf dem Rücken verborgen, fällt mir nichts ein, womit ich die Frage nach der Angst stillstellen könnte: Wovor hast du Angst? Wovor hast du Angst? Wovor hast du Angst? Vielleicht vor der Nähe, vielleicht vor der Ferne, vielleicht vor den Gesichtern, die ihre Kontur verlieren und ineinander verschwimmen, manchmal vollends ineinander übergehen. Kennst du das etwa nicht, hast du das noch nicht erlebt? Du sitzt jemandem gegenüber und hörst ihm zu, er erzählt dir eine kleine Geschichte so, dass ein Satz den nächsten jagt und du Zeuge einer atemlosen, wilden Verfolgung wirst. Am Ende verlässt du das Zimmer und versuchst die Geschichte, die aus lauter armen, getriebenen Worten besteht, nachzuerzählen, und es gelingt nicht. Du möchtest umkehren und zum Erzähler sagen: Bitte würden Sie noch einmal von vorne anfangen, Ihre Geschichte interessiert mich so sehr, aber kaum, dass ein Satz den Weg zu mir fand, stellte ihm der nächste ein Bein, kaum, dass ein Satz ganz den Weg zu mir hätte finden können, sank er erschöpft zu Boden, und der ihm folgte, lief über ihn hinweg, als ob es ihn nie gegeben hätte, als ob er mir gar nichts sagen wollte. Wollte er mir etwa gar nichts sagen? Hast du davor Angst? Vor der Menge an entkräfteten, müden, von ihrer Umgebung getrennten, halbierten und sogar toten Sätzen, die am Boden liegen? Nachts sammeln sie sich um dich, und deine Finger laufen ihnen entgegen, ich glaube immer noch, dass ihr doch etwas bedeuten wolltet, dass ihr eure Aufmerksamkeit nicht ganz ohne Grund auf mich gerichtet habt. Aber verzeiht, ich kann mich auch irren, ich will euch wirklich nicht zu nahe treten. Hanna, Hanna, denk doch nach, wer kommt hier wem zu nahe? Denken, denken! Sind es Stimmen, sind es Worte ohne Stimmen, sind es Blicke, sind es Gesten, ist alles gleich wieder vergessen und für unwichtig erklärt, ja sicher erzähle ich dir das, aber Himmel, vergiss es doch einfach wieder. Hanna blickt auf, sieht mir in die Augen, stimmt's, die Aufmerksamkeit kann es nicht sein, die uns zersetzt?

Seit Hanna Mühe hat, hinauszugehen, sind alle Tage zu einem Jetzt geworden, alle Tage rinnen in ein Jetzt zusammen, schlingen ihre Arme umeinander, und manchmal leuchten Hannas Augen vor diesem bunten Durcheinander, und manchmal schließen sie sich, und ihr Gesicht wird ganz weiß. Alles bekommen, alles verloren, alles zugelassen, alles verweigert. Schnee treibt um die kahlen Äste der Kastanie, und Ruß dringt durch zwei undichte Dachfenster, brauner Staub auf Büchern und Topfpflanzen. Hanna, wenn du zum Beispiel anfingst, Ordnung zu machen, wenn du zum Beispiel das Papier von den Wänden nähmst, zusammenfaltetest und es hinuntertrügst in den Hof? Lachst du mich jetzt aus, mich und diese peinliche Frage? Am Abend, wenn es dunkel wird, und Hanna immer noch völlig versunken auf dem Sofa hockt, sehe ich im Fenster nur noch mich, meine Falte zwischen den Augenbrauen, und ich frage mich, ob es nicht möglich wäre, mich ganz auf diese Falte zu reduzieren und diesen Zustand so lange zu ertragen, bis er mir nicht mehr auffällt, bis ich vollends in ihn eingegangen bin und keine Rückstände mich an anderes erinnern, an meinen Unterleib, meine Beine. Du mit deinem Erinnerungsdrang, Hanna, du mit deiner Vergangenheit, du mit den Geschichten der anderen. Aber die Geschichten der anderen, nicht wahr, könnten unsere eigenen werden. Allmählich? Unversehens? Nein, ich glaube, es ist etwas anderes geschehen: Ich habe zuerst die anderen, dann mich, in den liegen gebliebenen, flüchti-

gen Worten gesehen. Wenn ich dann später in die Nähe dieser Orte geriet, versagten meine Schritte, sie wurden leiser und zögernder, und schließlich brachen sie ab. Es gibt eine Trauer, die dich einfriert, und eine andere, die lauter Bäche aus dir macht, die sich ineinander verzweigen: Lass uns treiben, hinunter und hinüber, und vor allem dahin, wo ich so gerne noch einmal angekommen wäre. Hanna, hör mir zu, ich beginne eine Geschichte, und du erzählst sie zu Ende, so wie früher: Zwei Menschen brechen zusammen auf, um eine Reise zu machen, eine weite Reise, die sie durch viele Länder und schließlich an einen ganz entlegenen Ort führt. Sie durchqueren zusammen Nebel, Regen, Schnee und Sonne, und einmal sitzen sie, in Decken gehüllt, unter dem Dach einer Haltestelle, und der eine fragt: Warum wolltest du unbedingt fort, ausgerechnet mit dem Zug, und ausgerechnet mit mir? Der andere antwortet – … Hanna, du bist dran, bitte.

Wie sollte ich mich nicht danach sehnen, dass Hanna einmal wieder sprechen wird, dass sie eine Antwort weiß auf diese Frage, wenigstens für den Augenblick. Dass sie lacht und mit ernster Miene sagt: Eine gute Idee, wir wollen einen ganzen Tag zueinander sprechen wie das Buch vom Sinn und Leben, und am Abend fallen wir, weise geworden, ins Bett und schlafen so tief wie Erleuchtete. Bis dahin konzentriere ich mich auf die Falte zwischen meinen Augenbrauen und warte, dass ich in sie hineinrutsche und mir selber mindestens zur Hälfte unwirklich werde. Dann wird es mir leichter, Hanna allein zu lassen, allein in ihrer Einsamkeit, mit den Buchstaben ringsum, die ständig ausrinnen, wenn sie den Weg in die anderen Bezirke suchen. Was beim andern ankommt, ist nicht einmal mehr der Rest. Aber Hanna, ich bitte dich, übertreib nicht, und vor allem, wenn es so ist, dann lass es doch, lass es doch endlich sein, lass es los, lass es los, lass es los. Wovor hast du Angst? Hanna atmet tief durch, sieht mich an, entsetzt, verzweifelt, spöttisch, ich weiß es nicht. Jemand hat eine Tür geöffnet, die bislang verschlossen war, vielleicht, dass manchmal ein wenig Wind durch den Spalt zog, mehr nicht. Er ging auf und ab in dem Raum, hin- und herüber, das Licht war ausgefallen, er tastete die Wände entlang, furchtsam und vorsichtig, um die Erinnerung nicht vorzeitig zu wecken, aber mit einer ihm unbekannten Neugier. Ich habe mich so schnell an deine Dunkelheit gewöhnt. Wie viel davon brauchst du, um dich bewegen zu können? Ich habe die Wände vibrieren hören und zur Antwort gegeben: Wir haben alle Zeit der Welt, um zu erschrecken. Ich fürchte mich, ich fürchte mich mit dir. Was sagst du da? Entspann dich. Wenn du Angst hast, nützen meine Kunststücke nichts. Deine *Kunststücke?* Meine *Angst? Was geht hier vor?*

Ich werde für Hanna und mich den Wecker auf heute in fünfzig Jahren stellen und mich nachts weiterhin in ihr Zimmer stehlen und die Schachtel mit den Briefen aus dem untersten Regalfach ziehen, auf der Suche nach Bitten und Aufforderungen. Nenn mich das Zaudern, nenn mich das Zögern, es gibt im Augenblick keine andere Handlung, der ich ausreichend vertrauen würde, verzeih mir. Es kann nicht mehr lange dauern, und Hanna wird mir ihren Traum erzählen, sie wird aufstehen und sagen: Ich habe jetzt alles begriffen, fahren wir hinaus, lehnen wir uns an den Baumstamm, schauen wir in die Wolken und vergessen wir alles. Die Geschichte, die ich nicht finde und nicht verstehe, verknappen wir auf ein Wort, ein einziges, eine Aufforderung, eine Bitte, einen Wunsch, und dann fliegen wir mit ihm durch die Luft und rufen –. Was? – Entspann dich! Wenn du Angst hast, nützen meine Kunststücke nichts! Hanna!

XIV.

Leas Haare tanzen um den Baum, der mitten auf der Wiese steht, schlingen sich um seine Äste und heben Lea in die Luft, siehst du, jetzt bin ich es, die im Wind hängt. Und gar nicht tot! Wer wollte nicht überm Gras baumeln, wenn die Sonne scheint wie in einer Geschichte vom Glück? Herr Emm kommt den Abhang herunter, leichtfüßig, mit geradem Rücken, die Hand über den Augen, die von Lea zu Hanna wandern und wieder zurück. Hanna sitzt am Boden, an den Baumstamm gelehnt, die Knie angezogen, mit einem aufgeschlagenen Buch obenauf. Sind das die Schatten von Leas Füßen, die über die weißen Seiten streichen, beweglich und hartnäckig, als gelte es, überall zu sein? Und alles zugedeckt, das Licht auf den Buchstaben getilgt, wie schade, gerade eben blitzte ein Traumbild in ihnen auf, um ein Haar hätten wir es erzählen können, hier, nirgendwo sonst. Herr Emm, Sie hätten mir doch zugehört, nicht wahr, Sie wären doch daran interessiert gewesen? Lea springt vom Baum und Herrn Emm vor die Füße. Ich bin eingeschlafen, neben den anderen, mitten in diesem Lokal, vielleicht, weil mir der Wein zu Kopf gestiegen ist. Der Satz! Weiß ihn jemand, erinnert sich jemand an den Satz, an Os kurzen Satz, liegt er noch dort, im Gras, auf dem Tisch, wie mein Kopf letzte Nacht, oder habe ich ihn aufgehoben und mitgenommen, als ob er seit je für mich bestimmt gewesen wäre? Hat mich meine eigene lallende Stimme geweckt? Lea breitet die Arme aus, hebt den Kopf in den tiefblauen Himmel und dreht sich um ihre eigene Achse, langsam zuerst, dann immer schneller. Ich bin tot, Sir, ich bin tot, Sir, ich bin tot, Sir. Wohin mit den Worten, die niemandem gehören wollen? Wie oft sind wir der Geschichte hinterher gerannt, ohne sie einzuholen, immer auf der Suche nach einem guten Schlusssatz? Lea, haben Sie ihn je an die richtige Person adressiert, so unmissverständlich wie möglich? Herr Emm setzt sich neben Hanna ins Gras, lehnt sich an den Baumstamm und legt den Kopf in den Nacken. Welch ein Tag, Hanna, ein Tag, wie um neu anzufangen, ein Tag, um alles den Abhang hinunter und gleich in den Fluss rollen zu lassen, weg damit, hier und jetzt, ein Tag, um das Buch zuzuschlagen und die alte Stimme zu hören, immer die, die noch etwas zu sagen weiß, etwas Wirkliches und Richtiges. Haben Sie gehört, Lea, richten Sie Ihre Worte direkt und ohne Umschweife an den, den sie angehen! Lea dreht sich immer noch wie ein Kreisel, ich bin tot, Sir, ich bin tot, Sir, ich bin tot, Sir. Hanna, nicht wahr, noch in diesen Satz schreiben Sie Ihre Geschichte vom Glück? Ich bitte Sie, Hanna, haben Sie eine anmutige Idee! Hanna legt das Buch zur Seite und steht auf, Lea hält jäh still und fällt zurück ins Gras. Und wenn dieser Schwindel nie endet, kann das sein, kann es sein, dass ich nie herausfinde aus diesem Schwindel, Herr Emm, sagen Sie es mir doch, sprechen Sie, schnell! Lea wimmert leise vor sich hin, wimmert wie ein Kind, das man vergessen hat abzuholen. Hanna legt sich neben Lea ins Gras und eine Hand auf ihren Rücken. Sie schließt die Augen, ein roter Ball, ein roter Ballon steigt weit über die Baumspitze, gleich berührt er die Sonne und schwärzt sie, schwärzt sie an, fällt tief und schlägt ein Loch in die Erde. Angekommen! Umgekommen! Flogst du mit, liegst du da? Komm! Meine Geschichte vom Glück kann nun hervortreten, kräftig, mit einer kleinen Verbeugung am Anfang, danke, vielen Dank, dass ihr alle gekommen seid, um ihren Klang abzulauschen: Ein Träumer läuft in der Nacht auf die Straße und trifft unversehens auf jemanden, in den er sich nicht verlieben darf, aber sogleich verliebt. Eine Frau, die einmal ein Mann war, fällt hin und einem lieben Unbekannten zu Füßen. Er fragt sie, ob sie verletzt sei, sie antwortet, sie sei tot. Eine Stimme behauptet, diese Frau könne alles, nur nicht lieben. Wessen Stimme war das, wer hat das gesagt, die Erzählerin, du oder ich? Verzeiht, ihr Lieben, zurück zum Glück: Zwei Menschen harren auf der Schwelle aus und fragen sich und einander, womit die Welt beginnt. Ich habe vergessen, woran sie gestorben sind. Und was sie verbunden hatte? Hanna rollt zur Seite, zieht die Beine an, den Kopf ein, schwer hebt und senkt sich ihr Brustkorb. Herr Emm begleitet jede ihrer Bewegungen aus einem Abstand von einigen Metern: Immer sind Sie so nahe dran, Hanna, und dann geben Sie auf. Wie bitte? Hanna springt auf und klettert auf den Baum, Jahre um Jahre hin- und herüber, Platz, Baum, Brücke, eine Seite aufschlagen und noch einmal aufschlagen, was, verehrte Hanna, suchen Sie in diesem Buch? Nichts als Ihre Spuren! Welche Sätze haben Sie angestrichen, welche Worte notiert, wohin eine Frage gezeichnet, das und nichts anderes wollte ich wissen, verzeihen Sie meine unbeschreibliche Neugier, meine Lust auf Ihre wunderbaren Wege. Lea richtet sich auf und geht, mit gesenktem Kopf, zu Herrn Emm. Sie setzt sich dicht neben ihn und legt ihren Kopf auf seine Schulter. Hanna schaut hinunter, reglos im Gesicht, eine glatte Fläche, weiß in der Sonne. Leas Stimme steigt den Baum hinauf, zögernd, abwartend: Sogar ich habe im Winter einen Brief geschrieben. Lieber ...! Ständig ertappe ich mich derzeit dabei, Dinge zu tun, die ich noch nie getan habe. Stell dir vor, ich bin mitten in der Nacht hinaus auf die Straße gelaufen, nur, weil ich nicht wusste, wohin mit deinen Händen in meinen, nicht wahr, du hast sie doch gehalten, einen flüchtigen Augenblick lang. Verziehst du jetzt spöttisch die Mundwinkel? Lächelst du? Herr Emm drückt Lea an sich, streicht über ihr Haar, Lea, wessen Geschichte erzählst du da? Beinah, beinah hätte ich mich zu dir gesellt, dich getröstet, das Traumbild erhascht, das dich flieht, fallende Ballone, schwingende Leitern, und immer fällt der Telefonhörer hinunter, ist die Leitung besetzt, nur Notruf möglich oder niemand zuhause. Aber mein Herz hämmert mich die Nacht hinauf und die Tage hinunter, immer wieder hin zu diesem Ort, zu jenem, ich muss dich so dringend wissen lassen, dass –, dass –, dass –. Was wollte ich sagen? Das Wort ist weg. Hanna springt vom Baum. Herr Emm! Lea! Sie schwingt sich auf ihre Hände, geht mit dem Gesicht nach unten das Gras ab, hält das Spiel, was es verspricht, was glauben Sie, und vor allem, wie lange noch? Bitte, heben Sie das Buch auf, diese Spuren sind mir alles. Herr Emm richtet sich auf, geht um den Baum herum, den Stock hinter sich herziehend, eine Fährte, der keiner mehr folgt. Lea kippt zur Seite und in den Schlaf, Schatten von Blättern tanzen auf ihren Wangen. Wird sie wieder hinlaufen, zu den anderen, und, wenn der Abend schon zu lange dauert, den Satz ausgerechnet dort vor sich hin lallen, für alle und niemanden, und der, den's angeht, wendet sich ab, steigt ins Taxi und wird schon ab morgen gar nie dabei gewesen sein, alles vergessen, was kümmert es mich, ich habe dich nicht um deine Gabe gebeten. Hanna, denken Sie nicht weiter darüber nach, da blicken wir nicht durch, kommen Sie, schauen Sie in die Sonne. Hanna legt sich zu Boden, breitet die Arme aus, ein Blatt verdunkelt die Sonne und das Gesicht, alles fängt von vorne an, nur nicht die Geschichte vom Glück. Aber doch, fast wären wir da gewesen, darin gewesen, hier, in diesem Schatten, unter diesem Baum, auf diesem Ast habe ich begonnen, sie zu erzählen. Plötzlich hing ich in der Luft, und eine unsäglich starke Kraft drückte sich gegen meinen Oberkörper, ein Windstoß, ein Strom, und ich konnte die Augen nicht abwenden von diesem Etwas, von dem ich mich immer weiter entfernte. Ich will nicht fort von hier, ich will bleiben. Bitte geh nicht weg! Aber du bist es doch, die im Wind hängt und in der Luft baumelt. Und gar nicht tot!

XV.

Bist du im Winter zu mir gekommen, oder war schon Frühling und die Nacht vorbei, der Morgen hell, als ich die Tür hinter dir geschlossen habe? Nur noch das Klappern der Schuhe im Treppenhaus, auf dem Asphalt, und das Leuchten eines kleinen Flecks an der Wand, als ich mich noch einmal in die Decke wickelte. Aber sicher warst das du, wer denn sonst? Rio geht den schmalen Pfad der Wiese entlang wie einer, der fehlt. Hanna, mit dem Buch auf den Knien, schaut auf, schaut in die Ferne, wo Rio Türen öffnet, und die Augen streichen scheu über die eintretende Person. Hast du mich gehört, Rio, hast du meinen Satz in der Nacht vernommen, bist du aufgestanden und gegangen, sofort und ohne zu zögern? Immer tritt jemand heraus aus den Zeilen, ein Schatten vielleicht, eine Erinnerung, ein Wunsch, die verdunkelte Sonne, und die Sätze ziehen Kreise im Wasser, ich habe zwei Mal einen Mund gesehen, der nach ihnen geschnappt hat wie nach Luft. Rio, ich bin tot, siehst du, sag's deinen Freunden! Leas volle Lippen strahlen rot vom Baum, schwingen vor und zurück und die Haare ihnen hinterher und voraus, alles ganz durcheinander. Was suchst du in diesem Buch, Hanna? Rio setzt sich auf den Boden, lehnt sich an den Baumstamm, fährt mit den Fingern durch das Gras, drückt die Handfläche fest gegen den Boden, als wollte er einen Maulwurf daran hindern, den Kopf durch die Erde zu schieben. Hanna legt das Buch zur Seite und streckt sich aus, die Arme ein Balken, eine Bahn, eine Brücke für die Wörter aus dem Blatt und der Luft. Eine immer noch hilflosere Lage, ein Kinderspiel? Wiederholen wir etwas? Holen wir etwas zurück, ein paar Anfänge, ein paar alte Morgen, die Worte sind vom Schlaf noch warm: *Vorsicht! und aber* Traum *strebt nach*

Vollendung. Für dich, Rio, damals, und später schwirrte ich jahrelang um Gesichter und Gestalten, die sich jeden Augenblick verformten. Leas Haare hängen vom Ast herunter und streifen Rios Nacken, ich werde am Ende nicht wegzudenken sein, immer, wenn du diese eine Tür öffnest, wirst du dich erinnern und sofort alles vergessen. Wenn Lea endlich fortginge, wenn sie einen Warteraum öffnete und Rio in ihm die Wände abtastete und hochkletterte, oder müsste es gar nicht Lea sein, die geht. Ich schwimme gerade in diesem Himmel über mir, ich sehe nichts mehr als das Auf und Ab der Wellen, und manchmal am Grund deine Augen, wie sie Linien zeichnen, Wege für mich, die nirgendwo hinführen. Hanna steht auf, Zeit für die Kreise um den Baum, hin zu den beiden, und direkt an ihnen vorbei, um sie herum, in steter Wachsamkeit. Rios Hand spielt mit einem kleinen Löffel, gräbt ein bisschen Erde um, warum nimmst du nicht deine Finger dazu, weißt du noch, diese Frage hast du mir einmal gestellt, wie lange das her ist! Lea öffnet den Mund und beginnt zu lachen, dann lass es doch, lass es doch endlich, lass es los! Immer noch schwingt sie vor und zurück, will sie nicht wahrhaben, dass sie tot ist? Sie springt vom Baum, setzt sich neben Rio und umklammert sein Handgelenk, während er mit dem Löffel die Erde lockert. Eine unglaubliche Menschenmenge war damals um mich und Teppiche auf bloßem Stein, auf feuchtem Boden, neben mir war ein wenig freie Fläche, und Hanna steuerte auf mich zu, während ich, wie jetzt, mit irgend einem Gegenstand spielte und den Boden unter mir bearbeitete. Sieh dich vor! Sieh nicht hinunter und nicht hinauf, da oben schwimmt Hanna und sucht das Glück. Oder hier, in diesem Buch, auf dessen Seiten die Schatten deiner Füße tanzen? Hanna bleibt stehen, lehnt sich an den Baum, bohrt den Blick in die Zehenspitzen. Es ist Sommer, und zu anderen Zeiten stieg uns ein Duft in die Nase, dem wir folgten, ohne zu zögern. Würde sich hier bitte jemand daran erinnern wollen? Es könnte so gewesen sein: Immer beim Aufwachen merkte ich, dass ich aufgehört hatte, allein zu sein. Ich wusste die Bedeutung der einfachsten Dinge nicht mehr, aber es machte mir gar nichts aus, damals noch nicht. Ich ging in der Wohnung herum und wartete darauf, dass etwas geschähe, die Wände warfen mir meine Stimme zurück, aber tiefer und dunkler, mit Worten, die ich nicht, niemals, gesagt hatte. Das sind deine Worte, Rio, das sind deine Worte, Lea, würdet ihr euch bitte ein wenig für das erwärmen, was ihr sprecht? Verzeiht jede meiner Fragen! Liebe Grüße, Hanna. Immer noch die Finger der einen Hand um die andere geschlungen? Immer noch der Löffel im Boden, graben wir die Erde auf, schau doch hinauf, in den Himmel, was siehst du, wenn du die Augen schließt? Da wankt etwas, nicht wahr, da wird der Boden plötzlich zu Wasser und du ein kleines Floß, das zurück will ans Ufer. Wo, Lea, ist der Ast, auf dem du immer so gut gesessen bist? Schon abgebrochen? Hanna hält sich die Hände vor die Ohren, bitte, gebt mir mein Buch zurück und den Traum, der sich vollenden will. Sie entfernt sich langsam vom Baum, streift durchs höher werdende Gras, was für ein Ort, was für Bewegungen, gehen, baumeln, liegen, stehen, die Augen in den Boden gesteckt, in den Himmel geworfen, immer an mir vorbei, sogar wenn du mich siehst. Und dann, wessen Bild treibt hier durch die Luft und hängt in den Ästen? Deines, deines oder meines? Ich weiß gar nichts mehr. Hanna dreht sich um, Rio und Lea lehnen regungslos am Baumstamm, die Gesichter starr und bleich. Ein fremder Traum, nicht für uns, nicht für dich und für mich, Zigarettenrauch um uns, Wein in den Adern, und einer sagt, bevor er einschläft am Tisch oder aufsteht und geht, einen Satz, den niemand hören will, warst du das oder ich. Rios Hände reiben sich die Schläfen, so dumpf, Hanna! Und immer so, als ob es noch dumpfer werden könnte! Lea legt die Stirn in Falten, während sie Rio anschaut, lacht und zieht eine Zigarettenpackung aus der Hosentasche, die sie Rio unter die Nase hält. Hanna kommt näher, umkreist den Baum, setzt sich vor den beiden ins Gras, schlägt das Buch auf, einigen wir uns auf eine Geschichte, die hierhin passt, zum Trost. Rio drückt sich gegen den Baumstamm, als ob er in ihn eingehen wollte, so saß ich schon einmal da, den Rücken gegen eine Wand gepresst, Beine angezogen, das Gesicht vor mir unter Rauchwolken versteckt, aber zum Berühren nah. Du erzähltest mir etwas, du fragtest mich etwas, sehr leise, und alles hielt für diesen Augenblick die Luft an, nur um die Frage nicht zu erschrecken, mein Schweigen. Magst du die angehaltene Luft trinken, die strömende auch? Damit du schlafen kannst, jetzt, hier. Hanna kippt zur Seite, rollt ein paar Meter den Abhang hinunter, es leert sich im Kopf, es füllt sich, es fließt und es stockt. Vorsicht! Vorsicht! Aber etwas will hinaus, etwas kommt, wo ich auch bin, immer näher, Platz, Baum, Brücke, egal. Hanna, lass es doch endlich, lass es endlich los! Lea schwingt schon wieder vor und zurück, mit den Haaren in den Ästen, mit den Haaren am Boden. Wie bitte? Ich verstehe so schlecht, ich verstehe nicht mehr. Rio steht auf, streift sich die Hose glatt, richtet den Blick in die Ferne, jemandes Schritte im Treppenhaus, jemandes Gesicht im Vorzimmer, in den Händen, in den Rauchwolken, vor der Wand. Komm, geh, bleib, bleib mir fern. Winkelt Hanna im Liegen die Beine ab, zieht sie die Knie zur Brust, berührt sie die Knie mit der Stirn? Tot, nicht tot, tot, nicht tot. Immer bist du so nahe dran, Rio, und dann streifst du einfach die Hose glatt, steckst die Hände in die Hosentaschen und haust ab. Wimmert hier immer noch jemand leise vor sich hin?

XVI.

Herrn Emms knochige Finger klettern den Baumstamm hinauf wie Wurzeln, die aus der Erde drängen. Es kitzelt auf der Haut, es spannt und zieht in den Gliedern, sogar jetzt, sogar jetzt noch. Hanna, regt sich etwas in diesem Bild, oder ist es schon zugedeckt und abgedichtet? Glauben Sie mir, ich bin schon ganz leicht und verliere täglich mehr an Gewicht, aber sehen Sie, das hier ist noch ein guter Zufluchtsort, keine Gassen, nur schmale Pfade und der Blick nach oben frei. Herr Emm hebt den Kopf hinauf in die Äste, in denen Rio hängt. Und Rio, wie tot sind Sie gerade? Hanna rührt sich nicht, sie schlingt die Arme um die Knie, das Buch liegt aufgeschlagen vor ihr auf dem Boden. Dann und wann kneift sie die Augen zusammen, und die Buchstaben rinnen aus und bilden Tintenpfützen zu ihren Füßen. Vielleicht wird es nicht lange dauern und Rio hält die Zehenspitze hinein, haben Sie Geduld, Hanna. Vielleicht wird es nicht lange dauern und Rio lässt die Worte darin untergehen und austrocknen, die mit den Jahresringen um den Hals. Ein Tag, wie um neu anzufangen, nicht wahr, Rio? Herr Emm gibt Rios hängenden Beinen einen leichten Stoß, schaukeln wir, schaukeln wir uns aus der Zeit hinaus. Rios Flug wirft Schatten auf Hannas Buch, scharf und groß. Verloren! Wessen Stimme ruft, Herr Emm, schnell, sprechen Sie! Verloren! Ich sitze in einem Publikumsraum und schaue auf die Bühne, aber ich weiß nicht, ob da vorne nicht ich gespielt werde, ob man da vorne nicht mich in Szene setzt, mich und dich auch, Rio. Riesengroße Marionetten hängen von der Decke und schwingen vor und zurück, schwingen, als ob sie woanders fliegen gelernt hätten. Wie beweglich sie um die Mitte sind, wie schön, ich fühle mich die ganze Zeit über so, als ob ich wirklich wäre, nasse Augen, Rinnsale das Gesicht hinunter, und forttreiben darin. Und dann diese tanzenden Figuren, mit den schwingenden Röcken, zarten, bloßen Füßen, aber sie allein waren es nicht, es war das, was sie tanzen ließen an der Wand. Nie weiß ich dann, was ich sehe, nur dass ich die Hand ausgestreckt habe, komm, ich glaube, damit beginnt die Welt, mit diesen Reflexen an der Wand, und die Geschichte vom Glück. Hanna springt auf, klettert auf den Baum, Herr Emm, spielen wir Träumer, spielen wir sinnlose Gänge durch ausgestorbene Gassen, spielen wir Sprechen und Hören und zwei Körper haben, mindestens. Hanna hängt ihre Beine in den Ast und berührt mit dem Kopf fast den Boden. Mund, der in der Erde liegt! Sonne, die uns täuscht! Rio springt vom Baum, setzt sich und lehnt den Rücken an den Stamm, schlingt die Arme um die Beine, legt den Kopf auf die Knie und rührt sich nicht mehr. Herr Emm hockt sich neben ihn, beweglich wie vor vielen Jahren, nimmt Hannas Buch zur Hand und blättert darin. Haben Sie auch etwas darin gesucht, Ihre Geschichte oder eine andere? Haben Sie die Sätze hin- und herschwingen lassen wie ein Kind auf einer Schaukel? Mein Träumer drückt sich die Hausmauern entlang, wenn es dunkel wird, er spricht nicht mehr und reißt die Augen auf. Von der Traurigkeit ist nur der Schrecken geblieben. Rio dreht zögernd den Kopf zur Seite, öffnet seine Hand und starrt hinein. Und wenn wir hier neu anfingen, und wenn hier die Worte mit leichten Schultern zu mir zurückkämen, matt, aber weniger blass, weniger ausgehöhlt denn je. Träumer! Ich habe das geübt, an einem überlangen Sonntag. Die leeren Blätter vor mir, der abschüssige Boden unter mir, das gebrochene Weiß um mich herum. Meine Hand konnte die Feder kaum halten, immer glitt sie aus den Fingern. Herr Emm steht auf, geht um den Baum herum, um Hannas große Augen, um die Schatten auf ihren Wangen, den geschlossenen Mund. Weiß

Herr Emm mehr als alle andern? Kennt er die Geschichte, die Rio verschweigt, deren Rio sich kaum erinnert? Die Hanna sucht und über die Lea stolpert? Niemals, machen Sie keinen Gott aus mir, ich bitte Sie! Ich weiß kaum etwas, aber ich kann nicht aufhören, mich in Ihre Wünsche zu stehlen und in meine eigenen auch. Der Mann mit den ausgestreckten Armen an der Wand, der Mann, der JETZT sagt. Legen wir ihn hier auf den Boden, hier ins grüne Gras, ein guter Ort für diesen Mut: jetzt jetzt jetzt. Etwas soll anfangen, während wir in der Luft hängen und uns immer weiter von dem entfernen, was wir verlieren, was durch die Finger gleitet, rieselt, das Bild, der Staub, die Furchen im Gesicht und in der Hand, überall. Nie waren wir lahmer als in diesem Augenblick. Oder doch? Herr Emm berührt Rios Kinn und hebt es ein wenig. Was tun diese Augen, was tun die Sätze, nach denen sie Ausschau halten an den langen Sonntagen? Hanna zieht sich hoch, schlingt die Finger um den Ast und bleibt einen Augenblick hängen, bevor sie zu Boden springt, neben die beiden Männer, neben das Kinn in der Hand und den fliehenden Blick. Sie hebt das liegen gelassene Buch auf, geht ein paar Schritte und breitet sich in der Wiese aus. Mit dem Buch bedeckt sie ihr Gesicht, schützt es vor der Sonne, diesem Sommertag, der darauf drängt, dass etwas geschieht, etwas neu anfängt. Was murmeln Sie da vor sich hin, Hanna? Sprechen Sie lauter, deutlicher! Herr Emm und Rio stehen auf und legen sich neben Hanna ins Gras. Erfinden wir die Geschichte, die wir verlieren! Sagen wir sie, gleichzeitig, jetzt, ohne Angst! Und immer mit den Augen in den Wolken, mit den bloßen Füßen auf dem abschüssigen Boden, mit den Fingern überm gebrochenen Weiß! Wer fängt an? Hanna richtet sich auf, schleudert das Buch von sich fort. Nichts als deine Spuren, die mir alles sind! Nichts als meine, die sich darin vergessen, darin erinnern. Woran? Wir saßen an einem Tisch, wir liefen die Treppe hinunter, wir sahen aus dem Fenster und sagten nichts. Bist du in der Tür gestanden, zögernd, oder ich? Die Erzählerin irrt sich, vielleicht, sogar wenn du die Hände zurückziehst, meine fliehst, liebst du, du liebst, die Hand gegen den Boden gepresst, den Löffel in die Erde geschoben, mit Steinen in der Luftröhre. Wir hätten jeden einzelnen in eine schillernde Murmel verwandeln können und sie vor den Spiegel stellen, in den Sand legen und dann mitten hinein in den Satz vom Abgrund, den Satz vom Glück. Träumer! Auf der Hängebrücke überm Wasser, egal! Hanna dreht sich um, liegt auf dem Bauch, vergräbt das Gesicht in den Armen, Rio setzt sich auf, streicht über Hannas Rücken, schreibt einen Buchstaben darauf, löscht ihn. Ich ringe um ein Wort, um eines, das ich hören kann, ohne dass etwas zerbricht. Ich finde es nicht. Hanna schlingt ihre Arme um Rios Nacken, rollt mit ihm ein paar Meter den Abhang hinunter, so samtig ist es und weich. Rio, verabsäumen Sie nicht zu sprechen! Schreien Sie den Satz hinaus, bevor Sie das Lokal verlassen, sagen Sie es den andern, aber so, dass nichts zerbricht: Ich bin verletzt, ich bin verletzt, ich bin verletzt. Und gar nicht tot! Herr Emm zieht die Knie an, öffnet die Augen und schließt sie wieder, der weite Himmel, das Gras, wie früher. Sind sie nahe dran, im Rollen, im Liegen, im Sitzen, im Stehen? Und noch während sie in der Luft hängen, überm Gras baumeln? Er kneift die Augen zusammen und legt die Stirn in Falten. Wessen Wunsch schwingt vor und zurück, wessen Angst? Hanna! Rio! Sehen Sie sich vor!

Oder: es ist alles derselbe Tag, jeder. Und kein Tag, sondern nur wiederholend etwas, das mich bedrängt. Es will sich selbst von mir. Ist da? Oder nicht?

XVII.

Wenn ich nachts aufwache, aufstehe und ein paar Schritte von einem Fenster zum anderen gehe, sehe ich den Bildschirm des Nachbarn vom Haus gegenüber durch den Kastanienbaum flimmern, eine blaue Fläche. Und Hannas Spuren, ihre Stirn, die gegen die Scheibe drückt, ihr halbvolles Wasserglas auf dem Sims. Ich bleibe da stehen, ich gehe keinen Schritt mehr zu weit, weder vor noch zurück, ich übe die Stille, die Wunschlosigkeit und die Gleichgültigkeit. Weshalb verlangst du zu deuten, weshalb zu verstehen? Ich werde mich mit Hanna an die wenigen Handlungen gewöhnen, die uns geblieben sind, minimaler Widerstand gegen das stets lauernde Gefühl von Schuld. So ein Unsinn! Irgendetwas von uns hat sich verlaufen, ist in die Irre gegangen, gelockt worden, schön, dieser Ort, an dem immer alles von vorne anfängt, sich alles wiederholt und entzieht, und es zerfließt vor deinen Augen, während es sich verwandelt. Suchst du darin immer noch das Glück, Hanna, ein paar Momente Schweben, ein paar Momente einer Nähe, die sich gleich wieder in lauter Erinnerung verliert, in diesen wirklichen Schritten auf dem Asphalt und in den Gängen auf dem Linoleum, ganz über die Angst hinweg, die dich woanders hinschickt, fort von hier, in eine Ferne, die dich aufhebt. Hab ich nicht gewollt, dass Hanna weg geht, wieder einmal, dass sie, wie früher, für ein paar Tage nichts weiter von sich da lässt, als einen Zettel auf dem Küchentisch? Weißt du noch, wie wir, selten aber doch, den Wein und die Becher in den Rucksack steckten und hinunter liefen, auf die Straße, manchmal um auf der Bank des nächsten Platzes zu sitzen, und einmal, um bei Sonnenaufgang auf einer Wiese über der Stadt zu liegen und einzuschlafen? Wir hätten es in diesem Augenblick nicht einmal gewagt, einander zu berühren.

Und jetzt? Die Augen öffnen, die Augen schließen, mit den Fingern über die Stirn streichen, die Haare hinter das Ohr schieben und vor das Gesicht ziehen, die Beine anziehen, die Knie umarmen, zur Seite rollen, gegen die Wand schauen, Hanna auf dem Sofa, Hanna unter dem Dachfenster, bin ich eine Kontrollinstanz, ein Versuch, Ordnung zu schaffen, eine Furche im Gedächtnis und in der Hand, ein Blick aus dem Fenster, eine lange Reise ohne Ankunft? Wir warten zusammen, wir warten und warten, und zwischendurch und mittendrin schauen wir, was zu uns kommt aus der Wand, den Flecken im Teppich, dem Blick aus dem Fenster. Und binden auf diese Weise den Faden fester zwischen den vergangenen Dingen und uns. Vergangene Dinge, verblassende Augen, sich entziehende Hände, schwindende Stimmen. Kaum Abwechslung in den Bildern, immer, als ob es gar nie andere als diese hier, diese wenigen, gegeben hätte. Vielleicht wird der Faden irgendwann mürb, zerfällt und löst sich in Staub auf. Besser in diesem Staub zu leben als in einem andern? Aber wenn wir noch eine andere, eine dritte Möglichkeit finden, wenn wir uns nicht zwischen Staub und Staub zu entscheiden hätten? War das eben die Andeutung eines Lächelns auf Hannas Gesicht? Oder ein Grinsen? Oder beides?

Vielleicht sollte ich den Nachbarn von gegenüber anrufen und ihn fragen, ob sich seine Wohnung auch in einen Warteraum verwandelt hat, ob die klaren Konturen auf der Fläche vor seinem Gesicht die Tür sind, die sich öffnen soll, der Ort, den er zu betreten wünscht, um in Erfahrung zu bringen, was zu tun sei. Wohin zu schauen, wohin zu gehen, welches Wort wie zu verstehen, welche Angst wie zu beschwichtigen. Oder will er ganz darin eingehen, verstummen und sprechen, in einer stets fremden Stimme? Angst? Und wenn er sich nicht einmal mehr daran erinnern kann, wann er zuletzt welche verspürt hat? Er wird mich ansehen, verlegen vielleicht, mit aufeinander gepressten Lippen und so, als ob ich eben lauter Wörter erfunden hätte, nur um Verwirrung zu stiften. Angst! Eine schöne Erfindung, aber das Fenster vor mir weiß es besser: So siehst du Hanna an, so sieht Hanna dich an. Wirklich? Ich habe gesagt, dass auch für mich alles sehr unsicher geworden ist, manchmal, dass ich kaum noch weiß, welcher Bewegung Vertrauen gebührt, welcher Zweifel, und ob ich vor allem, was ich tue, mich vergewissern sollte, ob die in Frage stehende Handlung für die, die sie berührt, wenigstens etwas Ähnliches bedeutet wie für mich. Hanna rollt sich ein, sie schließt die Augen und öffnet sie nur, um die Bücher, Notizzettel, Platten und Decken im Dachfenster verschwimmen zu sehen: das hier sind augenblicklich die Grenzen meiner Welt, hab Geduld, es dauert noch, bis sie ihre Durchlässigkeit verlieren und ich sie überschreiten kann. Was sagst du da? Niemand wollte je, dass –. Dass deine Wände nicht mehr atmen? Hörst du, welche Stimme mitspricht, weißt du auch, welche? Hannas Blick streift mich, bittet sie um etwas oder beklagt sie etwas, streckt sie sich nach etwas aus, wenn sie sich in sich selbst verschlingt, oder verschließt sie sich gänzlich? Wir sollten einen dritten Weg suchen, nicht wahr, immer einen anderen. Immer an diesem Punkt strahlt quer durch den Kastanienbaum der Funke einer Geschichte, aber ich weiß so wenig wie Hanna, zu wem er gehört, zu Hanna und mir, zu denen, die sie in ihre Fäden verspinnt, von denen sie in ihre Fäden versponnen wird. Die anderen. Irgendwann hat Herr Emm angefangen, täglich um dieselbe Zeit mit seinem Stock in der Hand die Straße auf und ab zu gehen und meinen Blick zu bannen. Seine Augen schweifen nicht absichtslos, nicht ziellos, Herr Emm will etwas finden und sich aufrichten an den Sätzen derer, die verschwunden sind. Aber wie sollte er diese Sätze sehen können, wie ihnen folgen? Manchmal, wenn Rio abends nach Hause kommt, öffnet er die Schreibtischlade und nimmt ein Notizbuch heraus. Bevor er die Briefe, die er erhalten hat, zerreißt und die kleinen Papierfetzen in den Müll wirft, schreibt er einzelne Sätze in sein Buch. All-

mählich, unversehens, werden sie seine eigenen. Zugleich stehen die Worte wie übermächtige Denkmäler im Zimmer, Statuen, denen er gerne den Arm abschlüge und die Hand. Deformierte Körper aus Stein. Dahin bist du gekommen, an denen hast du dich vorbei geschlichen, die Hand in der Hand des anderen, und ganz vorsichtig, um diese Toten nicht zu wecken? Weck sie ruhig! Sollen sie auch da sein, herauskriechen aus den verstaubten Regalfächern, den vergilbten Schachteldeckeln, Briefumschlägen. Rio, bitte sprich nicht wie der, dessen Sätze du immer gefürchtet hast, bitte sag das jetzt nicht, aber wiederhol das erste Wort noch einmal. Und immer wieder.

Keine einzige Nacht, in der der Bildschirm des Nachbarn von gegenüber nicht wie ein zitterndes Quadrat in den kahlen Ästen der Kastanie hängt. Ein Ort für das, was nicht angekommen, verschollen und ausgeronnen ist? Ob die Dinge darin nie fremd werden, ob die Leere ihrer Augen nie überwältigt? Ich werde Hanna fragen, irgendwann, oder Hanna wird mich fragen. Dann, weil es keine Rolle mehr spielt, können wir die anderen zurücklegen in ihre Geschichten, sie in ihre Decken wickeln, über ihr Gesicht streichen und das Licht abdrehen. Wie viel Dunkelheit brauchst du, um dich bewegen zu können, wie viel Luft, wie viel Hülle? Ich schau meinen Fragen zu, wie sie im Wind schwingen, leicht geworden, verfrühter vorgezogener kaum sichtbarer Blütenstaub.

VIII.

Die Tage bilden dunkle Flecken auf der Wand, sieh zu, dass die schwarzen Tropfen nicht den Boden zersetzen. Herr Emm schließt die Tür hinter sich und lehnt sich gegen das Glas. Die Welt, in der ich lebe, jagt den Träumer die Leiter hinauf, auf den Aussichtsturm, der schwankt. Ich kann von hier aus nicht weiter steigen, ich erreiche die Plattform nicht, ich erkenne dein Gesicht da unten nicht mehr, nur noch Schemen, und schon vergesse ich, was mich mehr ängstigt: dass die Leiter im Wind hängt, der Turm sich krümmt, dass ich nicht weiß, wer mich hinaufschickt, dass ich mit jeder Bewegung die Pflastersteine störe, die deine Schritte verschlucken. Hanna schenkt Tee in zwei Tassen, gibt eine Herrn Emm, rührt in der eigenen den Zucker um. Nennen Sie mich eine lächerliche Gestalt, Hanna, eine vergangene Figur, die immer noch mehr Vergangenheit begehrt, noch mehr, so kurz vor dem Ende, von dem, was mich weiterzog, morgens aus dem Bett, und tagsüber auf die Straße hinaus, drei Schritte meine Geschichte lang, und nachts in den Keller hinunter. Und dann, verstehen Sie, immer noch: hinauf und mit einem Fuß schon weg, ganz woanders hin. Wie konnte er sich so sehr fügen, wie sich so sehr vergessen, wie sich so sehr aus den eigenen Wünschen hinauskatapultieren? Ja, werden Sie sagen, wen interessiert diese Frage noch. Hanna setzt sich auf den Tisch, presst die Lippen aufeinander, streicht eine Haarsträhne aus dem Gesicht, zieht die Augenbrauen zusammen. Oder aber wir zerstreuen die Worte, die gehörten, die gelesenen, die gesprochenen und die geschriebenen, wir mischen sie und lösen sie auf, ein dunkler Fleck dehnt sich aus und gewinnt dabei, langsam, sei geduldig, eine neue Form. Und wir werden ruhiger, von Minute zu Minute, Atem und Puls immer gleichmäßiger, rhythmischer, kein vergeudeter Herzschlag. Hanna ballt die Hand zur Faust, nur nichts verschwenden, nur nichts hingeben! Sie steht auf und zieht die Lade aus dem Tisch und aus der Lade einen Brief, den sie in die Hosentasche schiebt. Herr Emm dreht sich um und blickt auf den Gehsteig, die Schulkinder mit ihren schweren Taschen, ihren Mützen und Schals, den gesenkten Blicken, den müden Schultern, jetzt schon. Wieder ließ ich die Finger wandern über die Schachteldeckel, wieder fror mich, wieder wusste ich nicht, wo anfangen und ob überhaupt. Wozu, so spät, und nachts, bei künstlichem Licht? Ein nostalgischer Fluch, ohne Konsequenz. Habe ich die andere Stimme je gehört, die in meiner eigenen mitschwang? Wenn nicht, wozu die alten Worte aufspüren. Herr Emm versteckt die Hände in den Manteltaschen und geht im Zimmer herum, von einer Ecke zur anderen, mit den Augen auf den Büchern. Er hält inne, zieht eines aus dem Regal und fährt an seinem Rücken die Buchstaben des Titels einzeln nach, haben wir mit dieser Berührung lesen gelernt, Hanna, wissen Sie es noch? Hanna setzt sich auf die Teppichstufe und blickt zum Fenster hinaus, das Kind mit der Kindergartentasche, der Freude und Furcht vor den Buchstaben, vor ihrem Befehl, oder stand da gar nichts auf dem weißen Papier, war da nichts außer runden Blasen und in den Blasen Äpfel, Birnen, und keine von ihnen fiel heraus aus dem Sack? Ich beschrieb ein leeres Blatt mit einem einzigen Buchstaben, meinem Lieblingsbuchstaben, jemand stand plötzlich hinter mir und sagte, etwas fehle, etwas fehle ihm, ein kleines Stück Strich, ein kleiner Schnörkel, und ich hätte augenblicklich das Bild zu vervollständigen, das abgängige Stück zu ergänzen. Das dunkle Härchen, mit dem ich mich nur bewegen konnte, wenn es von ihm abfiel, dieser Schwung, in den ich mich im Garten und im Turnsaal verwandelte? Viel später lief mir dieser Buchstabe wieder über den Weg, er erschien auf einer spiegelglatten Fläche, und als ich mich zu ihm wandte, war er verschwunden und hinterließ nichts als meine Sehnsucht nach der alten Bewegung. Herr Emm bläst den Staub vom Buch und hustet. Wenn er aber immer noch auf der Brücke steht, wenn ihn die Worte, die er nicht liest, nicht hört, nicht spricht, dieselben Gänge entlang schicken, die Gassen, wenn er, plötzlich, ohne es gewünscht und erwartet zu haben, auftaucht vor meinen Augen und Ihren auch? Der Träumer? Herr Emm setzt sich neben Hanna, legt den Kopf in die Hände und fährt mit den Fingern um die Augen. Hanna schlingt die Arme um die Knie und legt das Kinn darauf. Herr Emm streicht ihr über den Rücken, haben Sie Geduld, Hanna, lassen Sie fehlen, was nicht zurückkommen will. Hanna steht auf, stellt sich vor die Tür und sieht hinaus. Die Sätze sammeln sich zu einem Bach und rinnen über den Gehsteig, in das Kanalgitter, die Finger trippeln den Rinnsalen hinterher. Warum auch nicht, warum nicht jeden Tag etwas herausfischen, etwas, was die Fingerkuppen berührt, wenn es auch nicht hält in der Hand. Das fehlende Stück im Wasser, der alte Schwung in der Pfütze auf dem Asphalt, laufen die Finger noch? Hanna tastet nach dem Brief in der Hosentasche, Herr Emm, nicht wahr, der Träumer liegt nicht in dem alten Buch, er sitzt nicht still, nicht einmal, wenn er den Brief öffnet und sich glücklich glaubt. Als ob er glücklich werden könnte mit der fremden Geschichte, in der er seine eigene schlafen gelegt hat, in der Hoffnung auf einen schönen Traum. Ich sehe ihn da sitzen mit dem Brief in der Hand, er jagt seine Augen über die Zeilen, immer und immer wieder ... nur um am Ende zu denken: Wirklicher, verzeihen Sie, wirklicher wollte ich es gar nicht haben, mehr vom Wirklichen hätte mich restlos durcheinander geworfen, danke, Sie haben viel zu meiner schönen Erzählung beigetragen. Hanna lacht laut auf, Herrn Emms Schultern zucken. Und wenn meine Geschichte auch nur drei Schritte lang ist, so tappe ich allemal bei jedem einzelnen von ihnen in fünf andere Geschichten hinein, und alles, worüber meine Augen gleiten, kommt in mich zurück, nur ich weiß nicht, als was. Hanna wird blass, sie sitzt auf dem breiten Fensterbrett eines hohen, sehr hohen Hauses. Ihr eigenes Gesicht dreht sich nach ihr um, die Züge sind weich und offen, die Haare lang wie vor vielen Jahren und im Nacken zusammengebunden. Siehst du mir an, wessen Jacke ich heute im Vorbeigehen gestreift habe? Weißt du, wo und vor wem ich mich versteckt habe, in der wartenden Menge, kurz, bevor der Zug abfuhr? Das Gesicht taucht ab, fliegt weg, keine Spur mehr. Hanna legt ihre Hand auf Herrn Emms Schulter, warum sollten wir nicht auch dieser Mensch sein können? Vielleicht liegt das Wort, nach dem ich suche, nicht im Keller, sondern auf dem Dachboden, wie früher, als die Kinder sich dort verkleideten und ihre Wohnungen aus altem Gerümpel bauten. Das Wort Ihres Kindes vielleicht? Herr Emm schlägt die Augen nieder. Mein Lieber ..., sehe ich deinen Schatten täglich vor mir hergehen? Hanna zieht den Brief aus der Hosentasche und geht ein paar Schritte zur Tür an der Rückwand des Zimmers. Sie lehnt sich an und hält den Brief vor ihr Gesicht, die Worte leuchten schwarz auf mattem Hintergrund. Hannas Mund bewegt sich leise, während sie liest. Isst sie die Worte, samt den Stücken, die fehlen? Herr Emm dreht sich um und presst die Lippen aufeinander, sein Brustkorb hebt und senkt sich, schneller als zuvor. Hanna! Vor ihrem Gesicht breitet sich eine Fläche mit Linien aus, die sich wellen und jäh abbrechen, verkrümmen und ausfahren. Ich versenke meine Augen im Blatt, und nichts, nichts anderes wollte ich je, als mit jedem dieser Buchstaben noch wirklicher werden, und dir zu noch mehr Wirklichkeit verhelfen, glaub mir. Herr Emm! Er öffnet die Tür und geht, die Pflastersteine fangen die Schritte auf.

XIX.

Die Tage trommeln ans Fenster. Machst du Gesichter aus ihnen, Wassergesichter, ein paar Striche und Schwünge, die stets fliehen, auseinander fliehen? Zurück in den Strom und vergessen. Lea verschränkt die Arme vor der Brust, geht ein paar Schritte hin und her, und, als ob sie vor Publikum spräche, sagt sie: Ich weiß nicht, ob mein Leben immer schon so war. Sind es die Auftraggeber, die, sobald ich erwache, mit lächelnden Gesichtern auf mich einschlagen? Oder sind sie immer knapp davor, es zu tun, friert die Bewegung ihrer Arme ein, während sie sich nähern? Aber wenn ich genauer hinsehe, Hanna, wenn ich die Augen schrumpfe, sind es gar nicht die Auftraggeber, es sind A, B und C, die gestern Nacht mit mir um einen Tisch herum saßen, den Wein teilten, die Zigaretten und die Müdigkeit. Hanna lehnt sich an die Bücherwand, schiebt die Hände in die Hosentaschen, senkt den Blick zu Boden und hebt ihn zur Decke. Einmal, als ich auf dem Boden eines großen, dunklen, mit Menschen halb gefüllten Raumes saß, begannen an der Rückwand die Figuren aus dem Bild zu treten, das daran hing, überdimensionierte, nur angedeutete Figuren, kaum erkennbar. Sie betraten den Boden barfuß und so vorsichtig, als ob ein fester Schritt ihn zerstörte und zum Einsturz brächte. Eine davon kam auf mich zu, setzte sich neben mich, hinter mich, strich mit den Fingern über meine Augenlider und flüsterte mir ins Ohr. Ich vernahm, so leise sprach die Stimme, nur einzelne Worte, nicht ganze Sätze, und kaum, dass ich in der Lage gewesen wäre, eine Frage zu formulieren, war sie verschwunden und hinterließ ein Vakuum um mich herum, eine schöne, volle Leere, in der ich stundenlang hätte verharren können. Ich saß sehr fest auf dem Boden, sehr sicher, und zugleich lief ich herum und hinaus, mit bloßen Füßen und so, als ob ich jederzeit mühelos alles berühren könnte, so fern es mir auch war. Lea grinst spöttisch, ja, bestimmt, welch schöne Weise, die Gegenwart zu träumen und zu verlieren! Und wie sich dabei die wirklichen Begegnungen verwischen, wunderbar, ganz wunderbar, Hanna, großartig! Sie wendet sich um, zieht ein Buch aus dem Regal, bläst den Staub vom Rand und hustet. Ich verfüge nicht über meine Zeit und nicht über den Boden unter mir. Wie erst über die Jahrhunderte! Und wenn ich die Tür zu meiner Wohnung aufschließe, weiß ich nicht, was mich erwartet: ob das Chaos mich verschlingt, ob ich Tee trinken werde, das Telefon abstellen oder hoffen, dass es endlich und immer wieder läutet, sogar nachts. Lieber das Geschwätz von A, B und C als gar nichts hören! Lieber die Augen verdrehen als sie zu gar nichts gebrauchen! Verdreht sie Hanna vor ihren Augen, verdreht sie ihren Arm am Rücken? Lea setzt sich auf die Teppichstufe, mit dem Buch in der Hand. Ich weiß nicht, woran ich mich erinnern soll und woran ich mich erinnern will. Hanna setzt sich neben Lea auf die Teppichstufe, Wege ins Dunkle, in Räume, die daneben liegen, im Abseits, und wer weiß, was rundum geschieht, aber hin zieht es uns allemal. Wir werden die Tür finden, aber nicht eingelassen werden, wir werden an den Wänden Striche und Schwünge tanzen sehen, Gesichter, die auseinander laufen, Münder vor allem. Die wartenden Kinder, mit der Kreide in der Hand, schnell, komm, heute laufen wir einfach weg, wer mit uns sein will, muss uns suchen gehen. Lea seufzt und zündet sich eine Zigarette an. Ich stand, an das Stiegengeländer gelehnt, und sah hinunter, sah die Windungen in jedem Stockwerk. Ich rief die Namen derer, die hinunter liefen, laut aus, ja, einen Augenblick hatte ich Angst, dass alle Nachbarn aus ihren Wohnungen treten würden, um sich über meine Worte zu beschweren. Mein Oberkörper verwandelte sich in eine übergroße Blase aus Luft, aber es geschah nichts. Weder reagierten die beiden Weggehenden auf meinen Ruf nach ihnen, sie wendeten sich nicht einmal um, noch öffnete ein Nachbar die Tür. Komisch, wie kommt das, waren sie nicht eben noch in meinem Bett gesessen, hatten sie dort meine Kleider angezogen? War das ein Traum, Hanna, siehst du, ich weiß es nicht mehr. Hanna streichelt Leas Nacken, die Kreidezeichnungen auf dem Asphalt lösen sich in Wolken auf und treiben knapp über dem Boden gegen den Wind, bunter Staub, voller Lachen, voller Weinen und am Abend immer ein Häufchen, in dem ich die Tage aufwühle. Wozu das alles, sag es mir. Lea steht auf und stellt sich vor die Tür, dünner Schnee legt sich auf Autos, Schirme, Mützen und Haare. Wohin der Blick geht, eingezogene Köpfe, vergrabene Hände, Geschichten, die davon laufen, und solche, die vergessen werden müssen, jetzt schon. Aber die paar Stücke, die ich höre und sehe, hole ich mir, die hole ich mir zurück und schick sie die Gassen hinauf und hinunter. Hanna! Was ist mit dir! Hanna holt ein breites Brett, legt es über die Holzstufen und rutscht hinunter, mehrmals hintereinander. So wenig verbrauchen sich die alten Wünsche, dass sie dir jetzt noch rote Wangen malen, schwimmende Augen, und welche Kraft in den Muskeln. Wirf mir einen Ball zu, Lea, und lass die Sätze kippen, lass sie schaukeln von hier nach dort, und vor allem die, die immer wieder kommen. Lea dämpft die Zigarette aus, durchquert den Raum, stülpt die Ärmel hoch und lacht. Riecht es nach Magnesium, Hanna? Hanna steht mit beiden Beinen wieder fest auf dem Boden, sie beugt den Rücken nach vor, schüttelt ihre Arme, schwingt sie vor und zurück und lässt sie baumeln, feuchte Tücher, mit denen der Wind spielt. Lea stellt sich vor die Tür an der Rückwand, breitet die Arme aus. Und jetzt? Ich werde anfangen mich zu erinnern, ich werde fünf Worten hinterher laufen, die nie jemand gesagt hat, die um mich tanzten und mich forttrugen, immer bevor ich den Fuß über die Türschwelle setzte, immer bevor ich mich zusammenrollte auf dem Sofa. Woher kamen sie, was wollten sie, wen suchten sie. Hier geblieben! Ich kann die Fragen nicht finden, die ich ihnen hätte stellen sollen, kaum dass ich eine zu formen beginne, lacht sie mich aus und fällt um. Du wiederholst dich, du wiederholst dich pausenlos, kannst du uns nicht endlich viel Wirklicheres erzählen, sieh hinaus, sieh dich um, hier sucht die Taube Futter, dort senkt das Kind den Blick, und immer noch laufen die beiden das Treppenhaus hinunter und geben keine Antwort. Mir bleibt das Bild von den Windungen der Stiege, meinen Fingern, die das Geländer umklammern. Es wird mich verfolgen, noch während ich in fremden Zimmern das Fenster schließe und den Ausgang suche, den Balkon. Hanna geht zur Eingangstür und öffnet sie einen Spalt, kalte Luft strömt herein. Ich kann mich nicht entscheiden, ich habe mich schon entschieden. Ich stelle das Telefon nicht ab, ich ziehe mir die Decke über die Ohren, ich versperre die Tür und verlasse drei Tage die Wohnung nicht. Ich öffne die Augen und sehe durch alles hindurch auf das Gesicht, das sich dreht und verschwindet. Magst du den Augenblick teilen, die Erinnerung, die sich entzieht? Lea sitzt auf der Teppichstufe, streckt die Beine von sich und stößt die Augen in die Schuhe, die Zehenspitzen darunter. Sie lacht laut auf, bedeckt erschrocken das Gesicht mit den Händen.

XX.

Blickdichte Tage, schwarze Löcher in Fenstern, mehr nicht. Und deine Fragen, deine Fragen an mich, gehen unter darin und tauchen wieder auf, durcheinandergeschleudert, unkenntlich gemacht. Rio bleibt stehen vor der Tür und legt die Stirn an die Scheibe, mit großen Augen. Hanna nähert sich und stellt sich auf die Zehenspitzen, legt auf der andern Seite die Stirn an die Scheibe, Augen, die ineinander übergehen. Ich bin die Treppe hinauf gestiegen, ganz ruhig und ganz außer Atem, nie hast du ausgesehen wie in diesem Augenblick, die Falte zwischen den starken Brauen verläuft sich, der Mund wellt sich und immer zu mir hin, überall hin. Schön, dass du endlich da bist, ich warte schon seit Jahren auf dich. Magst du heute erzählen? Ich sage kein Wort, ich bin Ohr und nichts sonst, und dann, am Ende, lassen wir uns die Wolken, die Wasser hinuntertreiben, schlagen Räder, gehen auf Stelzen, klettern die Bäume hinauf, rollen die Wiese hinunter, malen die Gesichter an, Münder, Augen, und die Wimpern kitzeln die Wangen wie Seegras. Ich bin unschuldig, Hanna, ich habe nichts getan, niemandem habe ich etwas getan. Rio geht auf und ab im Zimmer, hält inne, schaut in die Bücherregale, nimmt die Brille ab, massiert die Nasenwurzel mit den Fingerkuppen, setzt die Brille wieder auf, geht auf und ab, ich habe nichts getan, ich habe nie jemandem etwas getan, begreifst du das. Hanna blickt zum Fenster hinaus, mit den Händen in den Hosentaschen, der Wind fegt Schnee von Autodächern und Gehsteigen, und mir, mir habe ich auch nie etwas getan. Rio greift nach einem Buch im Regal, schlägt es auf, legt es aufgeschlagen auf den Tisch, setzt sich auf den Stuhl davor, schlägt ein Bein über das andere, treibt die Augen von links nach rechts, und immer so fort, Hanna, Lesen, das ist diese Bewegung hier, wie anders wäre es, wenn wir um die Worte herum gehen könnten, kleine Steine zu Spiralen gelegt, oder Kiesel, die aus unsern Fingern übers Wasser springen, und wir mit ihnen. Hanna dreht sich um, lacht, zieht den Kopf ein und streckt ihn, lässt ihn nach links rollen, nach rechts und dreht ihn im Kreis. Sie setzt einen Fuß vor den andern, kleine Schritte, Spiralengänge auf dem Boden, und immer an der Mitte knapp vorbei. Sie hüpft von einem Bein auf das andere, zieht Jonglierbälle aus der Lade, wirft sie hoch und ruft Rio! Rio! Rio! Ich grab in jeden Zwischenraum eine kleine Höhle für die Sonne und den Schnee. Lebst du noch? Rio springt auf, hüpft im Zimmer herum, ich pflanze Sterne zwischen den Bäumen und streue Knabenkraut in die Ritzen zwischen den alten Steinen. Lebst du noch? Wie zwei Clowns federn sie vom Boden ab, werfen sich die Bälle zu, abwechselnd, und die Abdrücke der Füße am Boden bilden kleine und große Schlingen, die sich für eine, zwei Sekunden auf die Straße ausdehnen, bis hinauf in den Wald und hinunter zum Knotenpunkt der Straßenbahnen. Kein Wort an dich loslassen, das nicht durch meine Finger geglitten ist, keines, das sich nicht einrollt, während es sich öffnet! Und wenn wir dann nicht mehr wissen, wozu und wohin mit ihm und uns, dann fangen wir von vorne an, mit einem andern. Hanna legt ihre Hände auf Rios Augen, sprich, wie damals, aufgeschreckt aus dem Traum, flüstere es und schrei es, die engen Wände und dazu die vollkommene Dunkelheit, oder, noch schlimmer: eine halbvollkommene Dunkelheit, Schwarztöne, die sich vermischen und bewegen, immer schneller rundum, oder du um sie, niemand weiß es noch: Ich kann eure Fragen nicht beantworten, ohne das zu sehen, was ich gestern gesehen habe! Ich bringe, so geschleudert, nichts heraus! Lasst mich warten, bis es vorbei ist, lasst mich auf den Händen gehen, lasst mich von einem Bein aufs andere springen und an die Sterne denken, an die Gräber dazwischen, ich habe Angst. Und dann, wach auf, mit mir, wirklich, das war nicht nur mein Bild. Rio setzt sich auf die Teppichstufe, Hanna hält vor der Tür nach den Tauben Ausschau. Und dann, Hanna, dann lege ich, nachdem ich die Tür hinter mir geschlossen habe, die Bücher und Kalender auf den Schreibtisch, sehe aus dem Fenster hinaus in den Hof und wünsche mir, dass niemand anruft, niemand kommt, reibe die Augen und lasse meinen Kopf in die abgewinkelten Arme fallen, die so wenig zu mir gehören wie der Rest. Es soll nichts schwimmen vor meinen Augen, es soll, was gestern geschah, hier nicht eindringen, alles soll wegbleiben, alles. Was schauen Sie mich ständig so an, als ob ich nicht von dieser Welt wäre? Hanna setzt sich neben Rio, spielt mit den Haaren, flicht sich ein Zöpfchen, sammeln wir überflüssige Handlungen gegen das stets lauernde Gefühl von Schuld, alles soll wegbleiben, alles. Unsinn? Was hätten wir je getan, uns und den andern? Was kommt, wenn der Winter vorbei ist, was, wenn sich die Worte klären, noch während sie aus den Wänden treten? Auch deine sind irgendwo hängen geblieben, ganz sicher, draußen, nur nicht über die Schwelle steigen, abgemacht! Ich verspreche dir, ich saß über sie gebeugt, schillerndes Regenwasser im Hof, mit Vögeln darin, Wolken, Ästen und Himmel überall, sogar Luft, sogar Blütenstaub. Ich habe nichts Schöneres bekommen, ich habe das Papier in die Hand genommen und es in Stücke gerissen, die Stücke ins Zimmer gestreut, dann aufgelesen, in ein Kuvert gesteckt und es zum Altpapierkorb getragen. Verzeih mir! Hanna geht zum Tisch, öffnet eine Lade, nimmt einen Stoß Blätter heraus und knallt ihn Rio vor die Füße, bitte, nur keine Scheu. Wohin mit den zerrissenen Teilen, den Splittern aus der Geschichte, die fehlen? Kommt, geht, bleibt, bleibt mir fern, genau wie ich, genau wie du! Rio bückt sich und hebt die Blätter auf, legt sie zurück auf den Tisch und das oberste vor sich hin. Aus der Tasche zieht er einen Bleistift und beginnt, Worte zu kritzeln, verschiedene Größen, verschiedene Schriftarten, und dazwischen Stille, Stille, Hanna, so lange, bis ich nur noch deinen Atem höre, deinen Rückzug, in dem du dich immer mehr auf mich zu bewegst. Hanna sieht aus drei Metern Entfernung nur kleine Schwünge, entzwei brechende Wellen, einen Buchstaben wie ein Hase, der sich auf und davon macht, lauf, schnell, damit ich dich nur ja nicht greifen kann, nicht einmal ein Stück von dir, eine Spur im Boden. Und ausgerechnet dich habe ich am meisten begehrt! Die Arme an der Wand zu den Seiten gestreckt, am Boden auch, auf der Treppe, im Fallen, und die Augen beschirmen ein Jetzt, das flieht. Ist das gut, ist das schlecht, was meinst du? Hanna kommt näher, berührt mit den Fingern Rios Nacken, trommelt Tropfen gegen die Haut, hält ein, zieht die Hand zurück, schiebt sie in die Hosentasche und stellt sich vor die Eingangstür, sieht den Kindern nach, mit den schweren Taschen auf den Rücken, den Mützen über den Ohren, den Blicken im Boden. Sie dreht sich wieder um, kehrt zu Rio zurück, der allein mit den Blättern, den Buchstaben, die weit weg sind, Löcher in die Tage schaut, in den Hof, wo die Schritte die Ritzen zwischen den Steinen veröden. Lebst du noch, Rio? Hanna beugt sich ein wenig, schließt die Augen, legt ihre Wange an Rios Wange, bitte such die kleinen Höhlen und alles, was noch lebt in ihnen. Rio krümmt sich, bevor er aufspringt, die Tür hinter sich zuschlägt, ein eingezogener Kopf, Himmel, vergraben im Schnee.

Wer war es? Ein Kind? Ein Traum? Ein Wegelagerer?
Ein Selbstmörder? Ein Versucher? Ein Vernichter?

XXI.

An manchen Tagen mischt sich Regen in den Schnee, und ich weiß nicht, ob diese Veränderung zu Hanna durchdringt. Wie schön es wäre, wenn sie mich fragte, wie viele Regenschirme ich in den letzten Wochen bereits verlegt, verloren und liegen gelassen habe, und ob es an der Zeit sei, einen neuen Vorrat anzulegen. Warum steigst du nicht auf Hüte um, zusammenfaltbare Riesenhüte, die sich wie Vogelflügel über deinen Kopf spannen, und am besten so, dass du jederzeit mit ihnen abheben kannst, adieu, meine Lieben, habt noch schöne Tage und viel Freude beim Spazierengehen. Schaut nicht so mitleidsvoll, das ist wirklich nicht nötig! Wann seid ihr zuletzt spazieren gewesen? Verirrt euch bloß nicht, ganz allein im Wald! Vielen Dank auch noch für die innigen Verbundenheiten und die lieben Grüße, quer durch unsere rauschenden Meere, Achtung, das Salz brennt im Gaumen und an den offenen Wunden auch! Und wenn ihr die halbierten Sätze aufpickt, seid geduldig wie die Tauben in den Märchen, und wenn ihr an die Toten geratet, haltet den Atem an, aber hört nur nicht weg. Nicht wahr, Hanna, das wird man sich wohl noch wünschen dürfen, jetzt, während ich die Blätter des Blumenstocks zähle, der zur Decke wächst.

Ist es zulässig, jemanden an seine Vergangenheit zu erinnern, an das, was er getan, unterlassen und verabsäumt hat? Oder – an seine Gegenwart, daran, dass er Hände hat, Augen, einen Mund, aus dem manchmal Worte schießen, die sich in dein Fleisch bohren und dort einfach liegen bleiben und sich ausdehnen, immer weiter und weiter. Langsam siehst du zu, wie du von etwas, das du weder siehst noch greifst noch erinnerst, immer weniger wirst, wie sich dein Körper verformt. Und du fängst plötzlich an, dich darin zu bewegen, so, als ob es für dich nie ein anderes Zuhause gegeben hätte als diese Wunde. Hanna und ich zucken immer gleichzeitig die Schultern, wir geben uns die Antwort gleich selber: aber verstehst du, ich bin doch nicht Herr im eigenen Haus! zwing mich nicht zum Sprechen und zum Hören auch nicht mehr! Ich habe nichts getan. *Hab ich das sprechen hören, oder flüsterte mir das nachts jemand ins Ohr? Und das Andere, all das schöne Andere fühlst du doch auch, die Worte, die den Rücken hinunterhuschen wie Federn, das Fell einer Katze, das zarteste deiner Haare, das meine Wange kost. Wir sind, nicht wahr, von Worten umgeben, die einander stets in den Rücken fallen, Krieg, Hanna, ist hier immer Krieg? Ich habe Lust, irgendetwas in Stücke zu schlagen, ein paar kaputte Teile rund um mich und ein wenig Luft für Hanna, ein wenig Weite zwischen den Wänden, die so nahe rücken, dass nur noch die Finger auf und ab klettern, das Ohr in die Sätze der anderen geschoben, die sich hier überschlagen, aber immer wieder leise genug, um einen neuen Klang in ihnen schwingen zu hören. Ja, verzeih mir, auf den kommt es mir an, noch, aber vielleicht nicht mehr lange. Hanna, weißt du, was du da sagst?*

Wenn ich, wie jetzt, Blätter zähle und wünsche, Hanna würde die kleinen Veränderungen des Wetters bemerken, sehe ich mich doppelt und vielfach: ich hänge als Auge in der Wohnung, im Kastanienbaum oder in der Wolke darüber, ich schwinge an der Decke vor und zurück als Windhauch, ich stehe erstarrt im Eck und ticke. Allmählich, unversehens, gewinne ich einen Körper, Hände, mit denen ich Hanna zu mir ziehe, einen Mund, mit dem ich ihr ins Ohr sage, dass alles gut wird, dass wir nur viel viel Zeit brauchen, alle Zeit der Welt und Übung in den kleinen Bewegungen und Handlungen, die wir hier setzen. Komm, schaufeln wir den Regen zu Haufen und laufen wir einander nach wie früher, als wir aus dem ersten Schnee Bälle formten.

Atemlos auf dem Boden liegen und lachen, mit den Händen auf den Bäuchen, eine Feder kitzelt das Auge, und ganz still werden. Wir werden wieder beinah eins werden, und die vielen andern in uns dürfen alles machen, alles, weil sie uns gar nicht zersetzen können. Rio, ich purzle mit dir deinen Abgrund hinunter, magst du? Mach dir nichts daraus, vielleicht ist es meiner auch. Lea, die Kinder am Bach wollen immer noch spielen, wollen über die Brücke, in allen Verkleidungen, mit einem Bein hier, und einem Bein da, ich schlag ihnen nicht die Tür vor der Nase zu. Herr Emm, Ihre Wege, täglich dieselben Schritte, die Nachtgänge in den Keller, sind immer auch meine Wege gewesen, ich kann es mir auch nicht erklären. – Ist das jetzt Entsetzen in Hannas Gesicht, ein Aufschrei, eine Bitte? Noch muss ich, wenn ich dir begegne, alles, was dir entgegenkommen will, zurück halten, damit ich vom Fleck komme. Du bist da gesessen, Rio, auf dieser Bank, ein Bein angezogen, den Becher mit Tee in der Hand. Die Augen aufgerissen, den Mund verzogen, weg gesehen, unfassbar. Mein stockender Atem, zitternde Knie, einen Wunsch in allen Gliedern, eine Angst in allen Gliedern. Ist diese Szene Hannas Geschichte? Hanna, ist das deine Geschichte? Hanna schlägt die Augen nieder, rollt sich ein, und im Dachfenster verschwimmen die Worte auf den Karten, Briefbögen und Büchern.

Und wenn es mir einfach gefiele, die Zeit zu zerstreuen? Ich zähle die Blätter des Blumenstocks, jedes Blatt, Hanna, eine Facette meiner Beziehung zu dir, jedes Blatt, Hanna, eine Facette deiner Beziehung zu den anderen. So viele Beziehungen zu einer einzigen Stimme, so viele Gefühle, die einander anziehen und vertreiben. Kannst du das besänftigen, während du dich einringelst, immer mit den überschüssigen Worten in den Adern? Lass sie schwirren, ausschwirren, ein wenig Wind durch sie fahren, ein wenig Spannung entladen. Hanna murmelt ihre drei Sätze, wie nach dem Aufwachen: Jemand hat sich in mich versenkt, zugleich sanft und gewaltig, und meine Frage wand sich am Plafond, drei Meter von mir entfernt: was von mir spürst du denn, bist du auch bei mir, während ich bei dir bin? Jemand hat mir das Haar aus der Stirn gestrichen, jemand, in dessen Wohnung ich nachts herumtappe, immer allein, mit raschem Herzschlag, panischer Angst, mich in Gefahr zu bringen, aber, stammle ich dann, ich kann nichts dafür, die Tür war offen geblieben, und ich geriet nur in den Wirbel aus Wind, der von innen kam, aus dem entlegensten Zimmer, und mich hineinzog, ich bin unschuldig! Und einmal höre ich Schritte im Stiegenhaus, ich weiß nicht, wohin mich verfrachten, und ein anderes Mal kommt, der hier wohnt, und lächelt, aber dann verändert sich sein Gesicht in Sekundenschnelle, seine Züge werden fremder und fremder, unkenntlicher, und er sagt: Da kannst du lange warten, ich wohne doch längst woanders, hier lebte ich nie, hier lebe ich doch schon lange nicht mehr. Wer spricht hier, jemand, den ich noch nie gesehen habe, ich muss hinaus, schnell, aber wie, bitte lauf nicht fort. –

Ich werde Hanna an der Hand nehmen müssen und ihr bei jedem Schritt sagen, hier ist Boden, Hanna, und dort, in der Ecke, spannen wir einen Schirm auf, und sehen an seinen Flächen Gras, Sonne, Himmel, Bäche, so lange, bis es ruhig ist und nichts mehr geschehen kann, nicht mehr alles geschehen kann. Die Tür war offen, ein Wirbel erfasste dich, ich weiß.

XXII.

Hast du mich deine Worte lesen sehen, hast du hinübergeschaut, während ich mich auf deine Zeilen stützte, dann über sie legte, die Buchstaben streichen vom Kopf bis zu den Zehen, ich fließe, wie hier, über das Wasser gebeugt, über ihnen auseinander und zugleich zusammen, jemand, der *ich* sagen kann, anders, wächst unter ihrer Berührung. Blätter, Wolken, Vögel und Blütenstaub. Rio beugt sich nach vor, das Kinn auf den Händen, die auf dem Brückengeländer liegen, und wendet den Kopf nach links. Hanna setzt ihre Schritte so, als ob der Brückenboden unter ihr vibrierte und sie sich davor zu hüten hätte, das leichte Schwingen zu stören. Den Kopf zieht sie ein wie ein Kind, das sich fürchtet. Immer habe ich mir gewünscht, dass dich noch der zarteste Schwung trägt, wenn du tagsüber die Türen öffnest, die Aufträge entgegennimmst und austeilst, und dann auch, ja, dass er dich zwischendurch zu mir zurückbringt, für eine kleine, volle Weile. In einem Abstand von einigen Metern bleibt sie stehen, lehnt sich mit dem Rücken an das Geländer, zieht die Konturen der Hügel nach, die sich ausbreiten in der Ferne, schließt die Augen und öffnet sie wieder. Kommt als wellige Linien in mich, fahrt mich auseinander, lasst mich gehen, ausschwirren, innehalten, immer die Füße zugleich fest auf der Erde und ein wenig abgehoben. Herr Emm setzt große Schritte auf der andern Seite, vor und zurück, vor und zurück, manchmal hebt er den Kopf und schüttelt ihn, bevor er die Arme überkreuzt und erstarrt. Sie erwarten viel zu viel, hören Sie, bitte, springen Sie ins Wasser mit ihren Wünschen, lassen Sie sich fort reißen, ans Ufer spülen, nicht wahr, eine kleine sentimentale Reise, weil alles andere noch mehr langweilt. Herr Emm! Rio richtet sich auf, dreht sich um, faltet die Stirn und blickt, ohne mit der Wimper zu zucken, mit leicht vorgestrecktem Kinn, Herrn Emm ins Gesicht. Wer fängt den Zorn ab, der die Brücke baut? Hanna gleitet, entlang des Geländers, zu Boden, hockt sich hin, umfasst mit ihren Armen die Knie und zieht die Schultern hoch. Angefangen hat es zum vierundsiebzigsten Mal mit den großen Abständen zwischen den Worten und einer schüchternen Frage, auf die ich jahrelang gewartet habe. Und immer im Vorbeigehen die Augen niederschlagen und sie länger als nötig für dich offen halten, und mit jedem Mal den Schritt beschleunigen, alles, nur nicht stehen bleiben, herumgehen um dich, dich einwickeln mit meiner Nähe, atmende Wände. Ich bin stundenlang vor den Blättern gesessen, aufgestanden und auf- und abgegangen, wie sag ich es, wie sag ich es nur, ich möchte dir ein Wort schenken, in das du hineinschlüpfen kannst, ein anderes, in dem du dich ausruhen magst, ein drittes, in dem du mich siehst. Herr Emm schüttelt den Kopf, viel zu viel Traum in allem, viel zu viel Gewicht, viel zu viel Leichtigkeit, viel zu viel Romantik, Sie brauchen dringend einen Clown! Rio schreitet auf Herrn Emm zu, umkreist ihn mit großen Augen, als ob dies kein Mensch wäre, der hier spricht, nimmt seinen Arm, hebt ihn ein wenig und lässt ihn dann fallen, und noch einmal, und immer wieder. Hanna schlägt die Hand aufs Geländer, wendet den beiden Männern ihr Profil zu, legt die gespreizten Finger fest auf den Mund, die Worte tröpfeln, beschwert und entstellt. Rio, siehst du, ich bin ein schöner Hampelmann geworden, alles tun meine Glieder von selber, und ich, ich tu fast nichts mehr. Und nie hab ich gewusst, wie es erzählen, wie soll ich es dir erzählen, kaum dass ich damit begonnen hab, zappelnd, vor- und zurückschwingend, hier ein Arm, dort ein Bein, die Lippen zu einem Lachen geschminkt, bist du davon gelaufen, immer die Tasche unter die Achsel geklemmt, den Mund spöttisch verzogen, mitleidig auch, komm ein anderes Mal in meine Sprechstunde, ja: Sprechstunde! Biegt sich Hanna jetzt vor Lachen, schüttelt und krümmt sie sich, wirklich, bist du mein Arzt, Rio, der mich zu sich lädt zur Ordinationszeit? Sie springt auf, klettert auf das Brückengeländer, breitet die Arme aus, der Wind lässt die Haare wie Flügel flattern, und ruft: Ich bitte Sie, um Ihretwillen, um meinetwillen, um der Welt willen: Werden Sie doch ein wenig härter! Schlafen Sie doch endlich gut! Nehmen Sie sich doch nicht alles zu Herzen! Verkaufen Sie Ihre Seele dem Teufel! Springen Sie rechtzeitig ins Wasser! Baumeln Sie vorzeitig von der Decke! Vom Ast! Probieren Sie eine immer noch hilflosere Lage, ein Kinderspiel! Hanna senkt die Arme, hebt sie wieder, streckt sie aus und setzt vorsichtig einen Fuß vor den andern, mit zitternden Knien. Sie hält inne, schaut ins Wasser, Gesichter treiben darin und tote Fische. Sie legt eine Hand auf den Nacken und zeichnet mit der Bewegung ihres Kopfes kleine Monde in die Luft, gelb leuchtet es am Horizont. Herr Emm löst sich von Rio, stellt sich hinter ihn und legt ihm den Kopf auf die Schulter. Flüstert er ihm etwas ins Ohr? Reiben sie die Wangen aneinander? Die Geschmeidigkeit, mit der der Träumer zu warten, zu schweigen, zu erzählen und sich von da nach dort zu bewegen weiß, ist in den Fluss gefallen, und es war kein Wasser mehr darin. Wie viel Hoffnung braucht er noch, dass sich der Lauf der Dinge ändert? Nachts laufe ich in den Keller und füge die alten Worte zusammen, ob sie halten oder nicht, ich begehre einen Zusammenhang. Nur keine Angst mehr vor den dunklen Flecken, den Fingern, die darüber hin wandern, und manchmal den Unrat ertragen, der neben mir schwimmt, wenn ich im Wasser erwache. Rio entfernt sich ein paar Schritte, die Hände in den Hosentaschen. Der Wind bläht die leichte Jacke auf, der Brückenboden bebt.

Werden da unten die Schatten weicher, die Fische lebendiger? Hanna, vergiss den Strom nicht über einzelnen Wirbeln, nicht einmal Schrecksekunden tun Not. Sei umarmt, Rio. Hanna formt die Hände zu einem Trichter, in jedem Wirbel ein Entzweibrechen, ein neues Splitterbild von mir, von dir. Dahin meine Wünsche flüstern, meine Waghalsigkeiten schreiben, schön, wie sie ihre Form so schnell verlieren, so schnell gewinnen, und nur nicht hingreifen, nicht zu fest. Geh ruhig fort, geh nur und komm wieder, empfang meine Briefe, Risse in den Worten wie Sprünge im Spiegel, knapp vorm totalen Zersplittern. Leg mich zu den Toten, und dich auch, vielleicht schleichen wir uns noch einmal davon. Hanna hüpft vom Geländer, steht einen kurzen Augenblick, als ob sie fest mit dem Boden verbunden wäre, unerschütterbar. Rio dreht sich um, nähert sich ein paar Schritte, macht kehrt und entfernt sich, immer wieder und noch einmal. Herr Emm beugt sich nach vor aufs Geländer, legt den Kopf auf die Hände, versenkt den Blick abwechselnd in den Boden und ins Wasser. Liegt die Geschichte weit zurück, oder ereignet sie sich hier und jetzt und auf diese Weise? Ineinander verschobene Szenen, einmal ein Teil von mir, dann einer von dir, und bloß das nicht ineinander übergehen lassen! Alles strömt da unten schon, aller Unrat auf der Oberfläche, und strengen Sie sich nur nicht so an, wenn Sie zurück steigen, nachts, im trockenen Flussbett. Ach, glauben Sie mir nichts, glauben Sie mir alles! Herr Emm richtet sich auf, wechselt die Seite, zögernd, als schmerze ihn jeder Schritt. Er streift mit den Augen über die Hügel, die immer noch weiter weg rücken, immer noch stärker mit dem Himmel verschmelzen, immer noch unwirklicher werden. Hanna geht auf Rio zu, um dessen Kopf graue Wolken schwirren. Wo ist Rio? Herr Emm, haben Sie Rio gesehen? Hanna stellt sich auf die Zehenspitzen und reist mit den Fingern um das Auge eines Mannes, der eben noch über die Brücke ging, der eben noch einen Namen hatte, auf den er hörte. Glaub mir, ich machte alles noch einmal, und ich würde nicht müde, einzutreten, mich hinzusetzen und zu warten, bis du nur ein Wort wiederholtest, ein einziges. Und danach setzte ich mich hin, vor ein Blatt Papier, stünde wieder auf, murmelte die Worte und riefe sie aus, und es dauerte lange, bis ich ihnen glaubte. Später öffnetest du den Brief von einem Menschen, der lebt.

XXIII.

Lea liegt auf dem schmalen Geländer, verwandelt in eine menschengroße Puppe, mit eng sitzenden Bändern an Händen und Füßen, die sie festklammern, damit sie nur nicht ins Wasser fällt. Ruft sie etwas, immer noch heftig gestikulierend? Hanna überquert die Brücke im Laufschritt, läuft hin zu Lea, zuckt zusammen, als sie vor ihr inne hält. Was rufst du denn, was ist denn geschehen? Rio sitzt auf dem Geländer gegenüber, den Rücken Lea und Hanna zugewandt, mit baumelnden Beinen überm Wasser. Nacht um Nacht das Gesicht unter der Hand versteckt, die Tür in dein Zimmer geöffnet, den Mund an dein Ohr gelegt, ich bin es, ja, ich bin es, der da war, damals, und jetzt, hier, bleibt mir nichts anderes als die Sätze in die Ritzen der Gangwände zu schieben, wehe, es hört sie einer, wehe, es lässt sie einer herausdrängen. Hanna dreht sich zwischen Lea und Rio um ihre eigene Achse, der weite Rock schwingt, gleich hebt sie vom Boden ab, lässt nur noch Füße sehen, nackte Zehen, zur Erinnerung an einen geteilten Augenblick, ineinander verschlungene Füße. Lea bewegt langsam ihre Hände, ihre Füße, den Kopf, immer nur ein kleines Stück, nicht wahr, ein wirkliches, ein gutes Spiel, ein Spiel mit verteilten Rollen, vertauschten Plätzen, nur, wo du bist, will ich dann doch nicht sein. Ich bin versteinert, so, als ob ich gar nie etwas anderes gewesen wäre, versteinert, und ich hänge in der Luft, ich tanze in der Luft, aber wie denn, wohin denn, Rio, bitte hersehen, bitte umdrehen! Erzähl mir ein Märchen zu diesen Zehen, einfacher noch: eine Erinnerung. Rio hält sich die Ohren zu, presst die Handflächen dagegen, kein Mittel gegen das Rauschen innen, die Bewegung, die jetzt jetzt jetzt die Beine aufs Geländer stellt, wohin geht's, wenn's nirgendwo hin geht. Rio wird vor Hannas Augen immer größer und größer, der Wind bauscht die Jacke auf, Rio wächst in den Himmel, Rio füllt den Horizont allein aus, Rio mit den Händen in den Hosentaschen, den zu Berge stehenden Haaren, dem Schrei, der dem besänftigenden Satz entschlüpft: Fang diese Szene nur nicht so an, hörst du! Wer bist du, dass du mir überhaupt eine Frage stellst! Was gehen mich deine Wünsche an! Lea winkelt Arme und Beine ab und streckt sie wieder aus, sie zappelt und zerrt an ihren Bändern, presst die Lippen aufeinander, zerfurcht die Stirn, beginnt zu weinen. Bei jedem Umdrehen, jedem Innehalten, jedem Schließen der Augen, das blanke Erschrecken vor dem Bild, das sich zeigt, der Figur, die mit ihrem Mund nichts mehr anzufangen weiß, ihren Ohren, den Beinen, den Armen, dem Oberkörper, als ob sie gar nicht dazu gehörten, als ob sie für nichts wären, gegen nichts, überhaupt nichts. Das ist nicht wahr, ich versuche mich zu bewegen! Hanna nähert sich, streicht über Leas Haar, ihre Wangen, ich hörte eine Stimme, langsam, bedächtig, sehr zart und sehr kräftig, und mit jedem Wort spürte ich meine Haut stärker. Als ob du eins mit dem Boden wärst, der dich trägt, eine Stimme, die wie ein Buntstift deine Konturen nachzieht, von den Fußsohlen bis zum Haar, es kitzelt, es kribbelt, es rauscht, langsam langsam zerbrochen ganz werden. Liebe Lea, lieber Rio, manchmal so gestimmt sein! Und die Worte über die Haut blasen, entlang den bloßen Armen, Beinen, über den Bauch, und am Ende den Kopf in die Hände legen, einen Augenblick, und gar nichts mehr sagen. Was habe ich getan? Was ist geschehen? Weshalb dauert es so lange, bis ich zu den belanglosesten Handlungen zurückfinde, bis ich wieder fühle, dass ich mit ihnen zusammenhänge? Verzeiht die Fragen. Lieben Gruß, Hanna. Lea schlingt ihre Finger fest um Hannas Gelenke, zieht sie enger zu sich und stößt sie von sich weg. Hanna taumelt zurück und setzt dann mechanisch einen Schritt vor den anderen, hin zu Rio, Kehrtwendung, hin zu Lea, Kehrtwendung. Rio springt auf den Brückenboden, knöpft die Jacke zur Gänze auf und zieht sie aus, lässt sie kurz im Wind wehen und wirft sie dann in den Fluss. Er presst die Lippen aufeinander, steht wie ein Kind, das ins Wasser gespuckt hat und die Ringe verfolgt, die fort treiben. Er legt die Finger an die Schläfen, geht auf und ab, auf und ab und murmelt Sätze vor sich hin, als ob die Brücke der einzige Ort wäre, an dem es erlaubt und notwendig ist zu flüstern. Er hält inne und beobachtet Hanna, eine aufgezogene Spielfigur, reduziert auf exakte Schritte, einen nickenden Kopf. Bewegt man sich so unter Schock? Und dann, später, immer verzögert, um Minuten, Stunden, Jahre verzögert, die Finger laufen lassen, über die Wange, den Nacken, das Blatt, einem Wort hinterher und ihm davon, nein, das ist nicht wahr, das stimmt nicht, in das Wort hinein und seine Wände so lange hinauf und hinunter, bis eine Stelle weich wird, durchlässig, hier, siehst du, hier dringe ich ein wenig durch zu dir, und du auch zu mir? Am liebsten mit einer Frage, die wie eine Kletterpflanze wächst, deine Backenknochen kitzelt, während du prüfst, ob hier schon alles dürr und trocken ist, Flussspuren hier und da. Hanna, als ob sie von fern einen Laut vernähme, unterbricht ihre Schritte, bleibt stehen, sieht sich um, läuft zu Rio, packt ihn an der Hand und zerrt ihn zu Lea. Rio hört nicht auf, etwas vor sich hinzuflüstern, manchmal die Stimme zu heben, ist auch genügend Publikum da, das meinen Worten lauscht, das sich interessiert zeigt an dem, wonach ich suche, Figuren, die aus Bildern treten, die von Geländern springen, mir Worte ins Ohr legen, leicht, Mäntel, Jacken, die ins Wasser gleiten? Hanna, du hast immer eine Jacke zu wenig, ständig friert dich. Leas Augen weiten sich, ihre Lippen färben sich blau, als Rio erstarrt weiterspricht, Wort um Wort, ach die Bänder um deine Gelenke, ach die Wolken am Himmel, ach die Fragen, die ich empfange, ach dein Dialog mit mir, den du mit dir alleine führst, als ob ich eine Rolle gespielt hätte in deinem Leben. Ein Kinderspiel! Versteinern! Erlösen! Wenn sich nur deine Beine und Arme ein wenig bewegen wollten! Hanna nimmt Rios linke Hand und schüttelt sie, dann die rechte, sie steht hinter ihm, stellt sich auf die Zehen und versucht, ihre Knie in Rios Kniekehlen zu drücken, einknicken, Rio, hinfallen, wenn du Angst hast, nützen meine Kunststücke nichts, erinnerst du dich? Rio dreht sich um, schaut in Hannas Gesicht, einen Augenblick noch, und der Brückenboden bricht doch nicht, geschehe was wolle, festgezurrte Körper, fehlende Schreie, erstarrte Ströme, brechende Wirbel. Sind das Hannas Augen, in denen ich tanze, ausgerechnet jetzt? Wer von uns hat den Verstand verloren? Hanna wendet sich ab, klettert zu Lea aufs Geländer, nimmt ihre Füße in die Hände, streicht über die Zehen, immer beginnt es dann zu weinen, lass es doch. Rio setzt wieder einen Schritt vor den anderen, stammelt Sätze, graue Wolken, die sich zwischen ihn und Lea und Hanna schieben. Er hält inne, verstummt, tastet mit seinem Blick die Beine ab, die Füße auf dem Boden und dann wieder zurück, hin zu den Händen, solche Hände, wozu. Er wechselt zum anderen Brückengeländer, drückt den Rücken dagegen, lässt die Knie einknicken, sinkt zu Boden und streckt die Arme aus. JETZT. Er springt auf, blickt um sich, glättet die Stirn, zieht sein Hemd aus, streift die Hose ab, Blut strömt in sein Gesicht. Mitten hinein in den Unrat, den Strom! Der Träumer am Grund, vielleicht? Rio steigt aufs Geländer.

XXIV.

Herr Emm winkt, ans Geländer gelehnt, mit der Hand, blinzelt den Hügeln zu, die am Horizont auf und ab gleiten. Wartet er auf jemanden, der ihm einen unglaublichen Satz schenkt? Erzählen Sie mir Ihre Geschichte, erzählen Sie mir die Löcher darin! Erzähl mir etwas von dir! Etwas anderes, etwas gegen den Impuls, mir zu sagen, was du immer sagst! Kennst du einen glücklichen Augenblick, der ein Wort braucht? Kennst du einen Augenblick, der nichts als Ruhe will, nichts als lauter Verschwimmen? Herr Emm sieht sich um, entdeckt Lea, die ihr Haar im Nacken zu einem Knoten bindet. Sie winkelt die Finger ab und streift mit den Knöcheln über das Geländer, an dem sie sich entlang drückt, den Kopf zu Boden gesenkt, aufmerksam für den bloßen Asphalt unter ihren Füßen. Immer so weiter gehen, immer mit dem Wissen um das, was trägt, meine Geschichte ein Schlagloch, in dem ich untergehe oder ersticke. Aber hier, sollten wir uns hier nicht schöne Fragen stellen und frische Luft darin atmen? Und etwas in die kleinen Höhlen tragen, Decken, Polster, Bücher, Teekannen? Und die Beine abwinkeln, anziehen, es duftet nach Gewürzen, während ich höre, worüber du nicht sprichst, was du abgeschoben hast, verbannt, schöne Wohnstatt, in der sich Risse in die Wände zeichnen. Herr Emm, zeichnen Sie mit mir Risse in die Wände? Sie haben doch so viel Geduld! Hanna, die auf dem Brückengeländer gegenüber sitzt, folgt Lea mit den Augen, verfolgt jeden Schritt, der den Boden prüft. Immer wieder streicht sie die Haare hinters Ohr, die ihr der Wind ins Gesicht bläst. Wir hätten einschlafen sollen, egal wo, meinetwegen am Tisch. Aber es waren doch deine Hände direkt zu mir unterwegs, bevor du das Taxi gerufen hast, adieu meine Liebe, mach keine Geschichte aus meiner Berührung oder erst dann, wenn ich fort bin. Versteinern! Sofort und für immer! Nicht einmal ein Kinderspiel! Lea friert ein, verharrt regungslos. Herr Emm kommt ihr entgegen, zieht mit zaghaften Schritten einen Kreis um sie, einen Arm immer wieder von sich streckend, als ob er die Hügel versetzen wollte. Hanna hebt die Schultern hoch und senkt sie wieder, legt die Hände vors Gesicht, die Finger sacht über die offenen Augen, Stäbe, Gestänge, dunkle Streifen, die das Bild brechen, das darunter zerrinnt. Mir geraten die Sätze durcheinander, die Szenen aus den Nächten: einmal das Warten auf der Brücke auf dich, ein anderes Mal das Zurückbleiben am Tisch, und Rio legt, während er Lea küsst zum Abschied, seine Hand auf meine Schulter, ich fließe nach Hause, trete über die Ufer, bevor ich mich dunkelblau färbe. Aber das war doch auch dein Wunsch! Herr Emm stellt sich hinter Hanna und breitet die Arme aus: JETZT. Hanna legt die Hände auf die Ohren, fährt mit den Fingern die Rundungen entlang, dreht sich um, verneigt sich vor Herrn Emm und greift nach seiner Hand, als ob sie ihn zum Tanz aufforderte. Herr Emm zaudert einen Augenblick, sieht Hanna an wie jemanden, den er jahrzehntelang vermisst, und versucht, sie enger zu sich zu ziehen, was nicht gelingt. Hanna erstarrt. Immer mit dem Schwung einer Woche die Treppen hinunterlaufen und dann, auf ihrer letzten Stufe, auf dich stoßen. Bitte verzeih, dass auch ich noch in dieser Stadt wohne und dann und wann denselben Ort aufzusuchen habe wie du! Was fällt mir ein, einen Fuß vor dich zu setzen, ausgerechnet jetzt. Was fällt mir ein, dich an mich zu erinnern, daran, dass ich einmal deine Tür geöffnet habe, nein, du hast mir die Tür geöffnet! Und immer vertreibt mich der Weg zu dir dahin, wo du nicht sein magst, wo du nur auftauchst, um sogleich wieder zu verschwinden? Nur hier nicht die Hände in den Schoß legen! Nur hier nicht die Augen schließen! Herr

Emm, wissen Sie, mit wem ich spreche? Rufe ich den, mit dem ich spreche, rufe ich ihn zu mir? Nicht wahr, Sie wissen längst nicht mehr mehr als alle anderen! Herr Emm schlägt die Augen nieder, geht zu Lea, berührt ihr Schulterblatt und streicht über ihren Nacken, bevor er aus seiner Manteltasche eine Zigarettenpackung holt, die er Lea unter die Nase hält. Lea schüttelt den Kopf, legt einen Finger zwischen die Lippen, zieht ein Bein an und umfasst es am Knie. Sie verliert das Gleichgewicht, kippt um, Herr Emm fängt sie auf. Und dann, in fremden Armen, in vertrauten Armen plötzlich etwas anderes denken! Und erst sagen! Erzähl mir etwas von deiner Geschichte, während wir den Finger dahin schieben, wo sie Falten wirft, hier, sieh hin, hier, die Decke auf dem Diwan und die beweglichen Glieder darunter, deine oder meine. Hanna breitet ein Tuch auf dem Boden aus und legt sich darauf, rollt von einer Seite zur anderen, schiebt die Hände unter den Kopf und schaut in den Himmel. Würde bitte jemand für mich einen Stein aus dem Wasser fischen, auf dem ich mich ausruhen kann? Und dann mit mir kämpfen! Und wach bleiben wollen! Herr Emm nimmt Leas Hand und bläst über die Knöchel ihrer Finger, lässt sie los, dreht sich um seine eigene Achse und setzt zu tanzen an, unsicher, voller Erwartung und so, als ob der Brückenboden unter ihm ein wenig zitterte. Lea weicht zurück, legt ihre abgewinkelten Arme auf das Geländer und den Kopf hinein. Durch eine kleine Öffnung sieht sie Wirbel entzweibrechen. Nicht einmal Schrecksekunden tun Not! Schön wär's gewesen! Sie wendet den Kopf zu Hanna, die jetzt auf der Seite liegt, mit zuckenden Schultern. Nicht wahr, diesen Augenblick teilen wir für immer, ob wir wollen oder nicht. Und den Brief, den ich dir schreibe, schicke ich an mich selbst, vielleicht zu früh, vielleicht zu spät, vielleicht spielt die Zeit längst keine Rolle mehr. Der Adressat hat sich völlig in die Buchstaben zurückgezogen, die ich aufs Papier kritzle. Und dabei sehe ich ihn immer noch da sitzen, da liegen, sein Gesicht, während er sagt, *komm zu mir*. Herr Emm, wollten Sie nicht, dass immer JETZT ist, und wenn es so wäre, was wünschten Sie dann? Hanna winkelt, am Rücken liegend, ein Bein an, schließt die Hände um das Knie, rollt nach vorne und richtet sich langsam auf. Herr Emm tanzt, wie von unsichtbaren Fäden gehalten, über die Brücke. Ein Träumer jetzt, der nicht mehr warten will auf deine Geschichte und dass du sie endlich erzählst? Wenn du erst ansetzt, wenn du wieder und wieder von vorne beginnst, verirre ich mich zu dir und lass die Hand auf deiner Schulter liegen oder im Nacken, und unsere Köpfe sinken, bis sie nichts mehr tragen, nicht ein einziges Wort. Hanna, setzen Sie alle Schritte der Welt, drehen Sie sich am Stand, so viel und so oft Sie mögen! Vergessen Sie, weshalb Sie hier sind und was Sie vorhaben! Geben Sie alles aus der Hand! Lea schiebt Hannas Haar hinter's Ohr und legt ihren Kopf von hinten auf Hannas Schulter, Wange an Wange, bis etwas von mir in dich übergeht. Hanna schrickt auf, sie schüttelt sich, sie schüttelt sich und streift mit der rechten Hand über den linken Arm, die Beine, dann mit der linken Hand über den rechten Arm, sie schließt die Augen und fährt mit den Fingern über das Gesicht. Sie zieht den Kopf ein und stiehlt sich fort, ein paar Schritte auf und ab, vorbei an Herrn Emm, der tanzt, ein Lächeln auf den Lippen, als ob er nicht mehr hier wäre, als ob er nichts mehr zu ersehnen hätte, das Wort an die richtige Adresse geschickt, ein Gegenüber aus Wasser, Wind und Haut. Lea setzt sich aufs Geländer, mit den Rücken zu den Hügeln in der Ferne, den Blick auf Hanna gerichtet, wie sie auf und ab und davon geht, ein Kind plötzlich, von einer Angst umgeben, jedes Wort rundum könnte auch dann treffen, wenn es mich nichts angeht, gar nichts. Und wenn es dich aber doch meint? Lea springt vom Geländer, läuft auf Herrn Emm zu, versteckt sich in offenen Armen, die einen Menschen halten, der nicht hier ist. Und wenn ich mich verwandle, einmal für mich und einmal für Sie?

Was schaust du mich so an? Meinst du, es wäre etwas gekommen, etwas wäre eingetroffen? Kannst du dir vorstellen, daß ich hier wäre, meinst du, nach diesem Warten hätte wirklich etwas Größeres kommen können, etwas anderes, etwas, das mich hätte erfassen können, daß noch etwas von mir übrig wäre?

XXV.

Ich habe neben Hannas Bett ein Märchenbuch gelegt: ein Königreich für eine Geschichte mit Erlösung am Ende! Statt der märchenhaften Anfänge ein Pünktchen, an dem sich der Kreis schließt. Auf die Leiter klettern, sich auf die oberste Sprosse setzen, die Haare vor das Gesicht ziehen, nur den Mund sehen lassen und dann neue Sätze probieren, alles, nur keine Erklärung, keine Verteidigung, keine Anklage! Ich wäre euch gerne eine Brücke gewesen, ein Baum auf der Wiese, ein weiter Platz, dessen Häuser am Rand einstürzen! Ohne Gefahr kommen wir nie zueinander! Dann Matten auf den Boden legen, Handstände, Kopfstände, Überschlage, Räder und andere Sprünge, und, wenn Ruhe einkehrt, hinknien, das Gesäß auf die Fersen legen, die Arme neben den Oberkörper und – mit dem Warten aufhören. Wartest du noch, Hanna, immer noch? Nach Hause kommen, den Briefkasten öffnen und die Wohnungstür, Musik andrehen, den Blick aus dem Fenster richten, die Tauben Tauben sein lassen, das Dach Dach, den Baum Baum, die zerfahrene Geschichte die zerfahrene Geschichte, eine Geschichte mit Löchern, Leerstellen, Würgegriffen, Angstattacken, dreisten Körpern, die in deinen Rücken fallen, Augen, die dich abschätzen, abmessen, während sie dir einen Wink geben: Komm endlich zu mir. Was gehen mich meine zerfallenden Glieder an! Passt eben nichts mehr zusammen! Such was anderes, nicht meinen fehlenden Teil! Stehen bleiben wie angewurzelt, es ist nichts geschehen, gar nichts, ein paar Worte, nicht mehr, die Treppe hinauflaufen, zwei Stufen auf einmal, mich friert so und mich schwindelt, geh nach Hause, Hanna, lass die Worte weiter ziehen. Oder dir etwas erzählen: Trifft ein unbekannter Teilnehmer einen anderen unbekannten Teilnehmer. Fragt der eine den andern, was wolltest du mir sagen, als du gestern angerufen hast? Komm, Hanna, erzähl die Szene zu Ende.

Wird noch einmal etwas anfangen? Ich bin schon abgesondert genug, an einem Ort, an dem ich nicht weiß, wie weiter und ob ich einfach gehen soll, Tür zu hinter mir, hab ein schönes Leben, danke für alles. Ist noch eine Stelle weich geblieben, durchlässig für ein immer neues Spiel, die Choreographie abgeworfener Bilder, Wörter, Fluchtversuche und Vertreibungen? Meine Sätze für Hanna gehen mir langsam aber stetig aus, und die Angst wird dann und wann größer, dass Hanna mir entgleitet, dass sie sich am Ende doch in Staub auflöst und die Frage nach den mitsprechenden Stimmen liegen lässt auf dem Tisch. Ich wünschte, dass wir heftig aneinander geraten, uns ineinander verfangen, meinetwegen toben, um dann herumzutanzen und miteinander unter Bäumen zu liegen, zu schweigen. Nichts als die Probe unendlich vielfältiger Figuren! Ich will nicht, dass Hanna verschwindet, dass sie ausscheidet, ich krieg mich nicht mehr, ich krieg mich einfach nicht mehr zurück, ich rudere gegen einen eiskalten Wind, die Augen aufgerissen, die Lippen geschlossen, als ob für mich kein Platz mehr wäre in meiner Wohnung. Haare wie Flügel, Angst. Und dann deine Hand, wie sie die unterste Schublade des Schreibtisches öffnet, die Fingerspitzen, die ein Blatt herausziehen: Weck die Toten ruhig! Was glaubst du, wie viel Leben dann zurück käme, wie viel Fluss in jedes einzelne Wort, das sich hier auf diesem vergilbten Blatt niedergelegt hat. Doch nicht zur Ruhe! Hanna runzelt die Stirn, das rechte Augenlid zuckt. Und wenn die Ruhe dunkelblau wäre, fast schwarz, das Meer, nachdem sich die Sonne darin auflöst, der Baum, auf dem die Blätter still halten, die Hand, die deinen Rücken wärmt. Ein Augenblick und was sich wiederholt in ihm, macht deine Lippen so weich, dass sie tief hinunter, weit hinein gleiten, weit, bis alles verschwimmt und ihr angekommen seid. Wenn du rechtzeitig die Grenze gezogen hättest, vergrübe sich der Mond nie neben dir im Sand, in den du deine Finger tauchst. Weil der Blick aus dem Fenster so schön ist, der Ginster so sanft leuchtet, verabsäumt das Kind, an der richtigen Haltestelle aus dem Zug zu springen. Zu weit gefahren, wie kommst du jetzt nach Hause? Wer dich empfängt, wartet am falschen Bahnhof, mit geöffneten Armen.

Habe ich schon vom Ende der Welt erzählt, von Hannas Lieblingsmärchen? Ich werde seine Sätze zwischen die anderen schieben, die welligen Wände in Hannas Zimmer: Es war einmal ein Kind allein auf der Welt. Da beschloss es, das Ende derselben zu suchen und nicht eher zu ruhen, bis es dieses gefunden haben würde. Wie es wohl aussehen mochte? Ob es ein dunkler Fleck in der Teetasse wäre, ins Eis geritzte Figuren, ein Wirbel im Strom, schmale Füße auf hohen Geländern, eine Drehung zum Horizont, ein Sprung ins Wasser? Das Kind lief herum, hügelan, hügelab, traf diesen Baum und jenen Strauch, und die Wolken liefen über ihm mit, ganz ohne von dem Kind bemerkt zu werden. Dann und wann holte es tief Luft und fragte einen, der seinen Weg kreuzte, ob er wisse, wo sich das Ende der Welt verberge, aber es wartete die Antwort nicht ab, das Schweigen. So lief und lief es weiter, unbeirrbar durch Schornsteine, Rauchwolken, schwarze Linien und Kurven, die die Vögel in den Himmel schnitten. Einmal blieb es stehen, vor einem Märzenbecher, der sich über seine Maßen öffnete, es legte sein müdes Gesicht darauf und ließ sich die Wangen vom Blütenstaub färben. Ich bin jetzt bemalt, ich bin durchaus nicht so blass, wie ihr glaubt! rief es und lief weiter und weiter. Wie, meine liebe Hanna, endet die Geschichte, weißt du es noch?

Das wäre schön, wenn mir von nun an der Kastanienbaum alle Antworten gäbe, die Hanna verschweigt: immerhin haben die wenigen Blätter, die er behalten hat, etwas Freches in ihren zarten Bewegungen, als ob sie nicht einverstanden wären mit dem Ge-

genwind. Heute schauen sie über die Mauer und flüstern mir zu, was geschieht. Drei Gassen weiter läuft Lea um den Häuserblock. Manchmal bleibt sie stehen und dreht sich um, ängstlich, verfolgt zu werden. Dann kramt sie nach einem Schal in der Tasche, nach einer Mütze, nach Zigaretten, es ist so kalt hier. Sie springt in die Straßenbahn, sucht einen Platz am Fenster, stiert hinaus, die Arme unter der Brust verschränkt. Ein Mann breitet seine Jacke über eine Katze, die sich auf einem Stromkasten zusammenrollt. Rio, bist du das oder sind Sie es, Herr Emm? Verzeihung, ich sehe heute so schlecht! Er lehnt sich an, streift mit den Händen über seine Arme, jeden einzelnen Finger. Dann schaut er um sich, zu Boden, geradeaus, eine lange Weile, bis er die Jacke wieder anzieht. Wie viele Wege kennst du, die aus dir heraus, in dich hinein, um dich herum führen? Das war die Öffnung, der Riss in der Wand, das Rinnsal über die Wangen: dieser Wunsch von den Wegen, den unzähligen Wegen, einen verlass ich und leg mich ins Gras, ich schau den Spannern zu, wie sie sich über die Erde wölben, jede Bewegung noch feiner als die vorige, immer so, als ob jemand in mich hinein lächelte. Suchst du mit mir das Ende der Welt, das Märchen mit Erlösung am Ende? Hanna wird auf mich zukommen und meine eingerollten Finger berühren: Ende der Welt, *schreiben sie in verschiedenen Schriftarten auf verschiedene Blätter und, mit einem abwaschbaren Stift, auf das Fell der Katze, die immer so gern hier mit uns gewohnt hätte. Wir legen sie unter das Dachfenster, ins Bett und auf alle Simse der Wohnung. Komm hierher vor den Spiegel, den wir gleich zersplittern, so ist es gut,* Ende der Welt, Ende der Welt *male ich quer übers Glas, hinauf sollen die Worte fallen und hinunter sollen sie steigen, und wie die Blätter vom Baum sollen sie schweben! Und die Wangen streifen von Rio, Herrn Emm und Lea! Und sich in Steine verwandeln, einmal, um aus unsern Fingern übers Wasser zu springen, dann, um sich zu Wegen zu verlaufen, ein anderes Mal, um unsern Kopf zu halten, im Schlaf.*

XXVI.

Die Tage und Nächte verlaufen nicht mehr, sie wehren sich gegen nichts und sie halten nichts, nur manchmal, wenn zwischendurch das Kind mit Kreide auf den Gehsteig zeichnet, vier Figuren oder fünf, schlingt Herr Emm seine Finger um den Stock und geht, öffnet die Ladentür, bleibt stehen in der Mitte des Zimmers. Ich habe aus dem Fenster gesehen, etwa zwei Stunden lang, und kaum etwas gefühlt, immer nur den Drang einer vollen Anwesenheit, jemand, der mich ausfüllt, den Raum mit den zögernden Schritten zu den alten Schubladen, Büchern, Briefen. Haben Sie mich je wirklich vor sich gesehen, Hanna, jemanden mit Furchen im Gesicht, in den Handflächen, einer Erinnerung, die immer fortläuft? Hanna legt die Fingerspitzen aufs Glas, blickt hinaus, beobachtet das Schwinden des Atems auf der Scheibe. Immer wendet der Träumer die Augen ab, während er sie in die Worte drückt, in die Blätter, die beben in der Hand. Wohin denn schauen? Hanna, kommen Sie zu sich! Der Träumer löscht sich aus, schüttet dunkle Tintenflecken über die Worte, nach denen er verlangt. Und den Fuß gegen das Regal schlagen! Die Schachteln mit den Briefen gegen die Wand schleudern! Verschwinde endlich! Hanna legt eine Hand auf den Bauch und hält mit der andern die Stirn. Sie dreht sich um, mir schwindelt so, dieses Schlagloch im Boden, und ich kann den Satz nicht hineinstoßen, der mich aushebt: ich habe gewusst, dass dich das verletzen würde, ich habe es trotzdem getan. Hast du dich, die Knie an die Brust gezogen, nie wieder ausgestreckt nach den Fingern, die ums Aug herum wandern? Hanna geht zur

Treppe, der Boden knarrt unter ihren Füßen, so bin ich dann die Stufen hinauf gegangen, als ob nichts geschehen wäre, gar nichts. Und nach Hause, über die Straße, verwirrt, mit einem Körper, der mich nichts angeht. Herr Emm setzt sich neben Hanna auf die Teppichstufe und streicht ihr über den Rücken, haben Sie Geduld, Hanna, alles wird sich verlieren, bleiben Sie einfach nur da, halten Sie stand. Hanna berührt mit den Händen ihre Ohren, die Stimme, die wie ein Versprechen klang, wie lange das her ist. Wir sind an einem Tisch gesessen, einander gegenüber, und du hast das Buch mit den Fragen vor mich hin gelegt. Ich komm dir mit nichts als ein paar Spuren entgegen, Worte, eingelegte Karten in Büchern, Bleistiftränder um drei Verszeilen, lies sie, bitte lies sie! Herr Emm steht auf, stellt sich vor das Fenster, öffnet seine Tasche und nimmt einen zerknüllten Zettel heraus, den er an der Glasscheibe glatt streift. Hanna sieht feine Buchstaben, mit Bleistift geschrieben. Woher kommt dieser Brief? Haben Sie ihn wieder an sich adressiert? Liebe ..., immer, wenn mir die Angst ein Loch ins Gedächtnis frisst, gehe ich im Zimmer auf und ab und erzähl mir deine Geschichte. Die beiden Menschen auf der Bank in der Nacht, die beiden auf dem Platz und der Brücke. Lauf mit mir übers Eis! Verzag nicht darüber, dass der Träumer die Faust auf den Tisch knallt und dir nicht das Haar aus dem Gesicht streicht, ich will dich sehen, ganz. Hanna geht zur Tür an der Rückwand, lehnt sich an, lässt sich sinken. Und wenn ich zugleich tanzte auf der Mauer der Burgruine und auf Händen ginge? Die beiden Männer lassen die Bälle den Berg hinunter laufen und sich selber fallen, und einer fängt den andern auf, am Flußufer. Und drückt sich dann an ihn, flüstert, halt nicht die Luft an, halt nur nicht die Luft an, hörst du. Hanna formt einen Trichter aus ihren Händen, haltet nur bitte meine Luft nicht an! Herr Emm dreht sich um, geht in die Mitte des Zimmers, beginnen Sie, Hanna, beginnen Sie jetzt. Hanna lehnt sich mit ihrem Rücken an Herrn Emms Rücken, hängt ihre Arme in seine, beugt sich nach vor, hebt ihn auf und setzt ihn ab, Wasser aus dem Brunnen ziehen. Herr Emm wiederholt die Bewegung, einer die Schaukel des andern. Verschwinden wir so aus der Zeit, aus dem Tag, der liegen bleibt vor der Tür! Ganze Monate lang, und, wenn es sein muß, Jahre! Herr Emm löst sich, wendet sich ab, setzt sich auf den Stuhl vor dem Tisch, stützt die Ellbogen ab und legt den Kopf hinein. Die Wartejahre klingen so seltsam in meinem Ohr, wie ein tiefes Summen, ganz aus der Ferne. Hanna trommelt mit den Fingern auf die Fensterscheibe, halten Sie stand, es wird sich verlieren, was auch immer. Sie dreht sich jäh um, geht zur Treppe, stellt sich auf die dritte Stufe und springt von da auf den Boden, mehrmals hintereinander. Dann willst du eben nicht! Dann willst du dich eben selber nicht hören, nicht sehen, nicht fühlen! Was kümmert mich die Lüge in deinem Spiel! Ja: Lüge! Herr Emm, schreien Sie eine Runde mit mir, schreien Sie sich mit mir das Warten aus dem Leib! Herr Emm lacht laut auf, er klettert auf den Stuhl und dann auf den Tisch. Ich habe nicht mehr lange Zeit! Dann willst du mich halt nicht sehen, nicht hören, nicht fühlen! Dann bleibst du halt, weiß der Himmel wo, und holst dir nicht, was für immer dir gehört! Sterben, ohne diesen Abschied. Hanna friert ein, mit den Füßen auf dem Boden. Was ist das für ein Tod, mit dem wir leben? Meiner? Deiner? Mag jemand mit dem Tod die Worte trinken, die jetzt gleich aus dem Regal fallen? Herr Emm hüpft vom Tisch, sucht mit den Augen das Zimmer ab, findet die Kanne und schenkt Tee in zwei Tassen. Auf das Sterben! Zum Wohl! Ein Ende den Gängen in den Keller, ein Ende dem Spiel mit den Briefen, die nicht angekommen sind! Sollen die Buchstaben alleine tanzen, ohne das Summen aus der Ferne, Reflexe an der Wand. Auf die Anmut der Einsamkeit! Herrn Emms und Hannas Tassen schlagen leise aneinander, mehrmals und feierlich, bevor sie sie in einem Zug leeren. Hanna verneigt sich vor Herrn Emm, als ob sie danke sagen wollte. Herr Emm schaut Hanna an und streicht mit der Hand über ihr Haar. Einmal, haben Sie noch etwas Geduld, wird der Träumer zu sich kommen, sein Gesicht den Sternen entgegenhalten und lange lange auf Sie warten. Hanna öffnet die Lade, nimmt einen Stoß Blätter heraus und legt sie wie Geduldspielkarten auf den Boden. Sie drückt Herrn Emm einen blauen Farbstift in die Hand, für sich selbst wählt sie einen roten. Beide hocken sich vor die weißen Blätter, verharren lautlos, die Minuten tropfen wie Wachs. Hanna schreibt einen Buchstaben auf das Blatt links außen, einen einzigen, den Schwung, in den ich mich noch einmal bette, das ganze Leben in einem kurzen Moment. Herr Emm spreizt die Finger und legt sie nieder, Hanna zieht sie nach, eine rote Spur bleibt zurück, mit Häuten dazwischen, kaum sichtbar. Sie erhebt sich, geht zur Tür und öffnet sie weit, Wind fegt ins Zimmer, die Blätter vibrieren. Die Kinder mit ihren schweren Taschen, den Mützen über den Ohren, den Schals um die Hälse, den Augen im Zimmer, hier, wo wir aufeinandertreffen, während wir fortgehen. Hanna bückt sich, sammelt die Blätter ein, fügt sie zu einem Stoß, trägt sie hinaus vor die Tür und lässt sie los, soll der Wind sie mitnehmen, sollen die Kinder lesen wollen, was darauf steht. Lieber Herr Emm, wenn im nächsten Jahr Schnee fällt, wird alles anders sein, bestimmt. Wir haben dann einen anderen Ort gefunden, ein anderes Fenster, und der Ring am Hals wird weniger tief sein, verschwunden nicht. Es klopft an der Tür, und Sie glauben dem Wort, das der Eintretende verschweigt. Dass er gekommen ist, sagt fast alles, und das ganze alles brauchen wir nicht mehr. Wozu dem andern die Luft anhalten? Es wird so leise sein, wenn Sie miteinander sprechen, wie ein Summen aus der Ferne. Und wie warm erst! Als ob Sie eben Feuer gemacht hätten. Herzlich, Hanna

XXVII.

Die Tage fangen an, mich zu verschlucken, und wenn ich zu dir komme, um deine Tür zu öffnen, wenigstens einen Spalt breit, hörst du kaum noch etwas von mir, nicht drei Sätze, die zusammen einen Sinn ergäben. Streckst du dich immer noch aus nach mir? Wer von uns hat mehr Angst? Lea lässt die Arme hängen und schiebt die Finger beider Hände ineinander, formt sie zu einem Brett und hält Hanna die Innenflächen hin. Hanna legt ihre rechte Hand hinein, nichts ist zu hören als der fallende Schnee, nichts zu sehen als deine Augen, die sich schließen vor dem Bild, das sie fängt. Ich drückte mich durch die Menge, ich streifte fast deine Wange, aber etwas riss mich zur Tür und hinaus auf die Straße, jetzt kein Wort verlieren, weil es das Bein hinaufkröche, schleimig, aber voller Gier. Nicht wahr, du wolltest alles haben, den ganzen Menschen, den du abstößt. Aber wozu, wozu, sag mir das! Hanna reibt sich die Augen, geht, als ob sie jeden Augenblick einsinken könnte, zur Rückwand des Zimmers, gleiten, hinuntergleiten, zum Boden, und liegen bleiben. Sie dreht sich zur Seite, zieht die Knie an, hochschnellen, schreien und Lea schütteln, wach endlich auf, fühlst du überhaupt nicht mehr, was du hier tust! Lea schlendert drei Schritte zum Fenster, zieht eine Zigarettenpackung aus der Hosentasche und zündet sich eine Zigarette an. In blauen Wolken zum Knotenpunkt ziehen, mit den Buchstaben, die ich von Os Lippen trinke, und die Schwärze wird im Hals so weit, dass ich mit ihr über alle Meere komme. Hanna! Ich habe einen Auftrag für dich! Ich habe eine Unmenge Geschwätz für deine Nächte, ich habe gut zugehört und alles vergessen. Das Papier am Boden, das verendende Tier, es stopft mich aus, bis mir die Luft wegbleibt. Hanna steht auf und berührt mit ihrer Hand Leas Nacken, dieses zarte Stück Haut, dieser tiefe Schnitt dazwischen. Erzähl mir die Geschichte, nach der du gesucht hast, Lea, den Brief mit den zerhackten Sätzen, die Signatur auf der weißen Fläche, unter den flimmernden Worten. Lea umarmt Hanna, beginnt zu schluchzen, die Kinder und ihr Kreidestaub, schöne Spur am schnöden Asphalt, wie sie wegschwimmt, siehst du, Angst, wenn ich aufwache, und Angst, wenn ich einschlafe, und die Stimme im Ohr, die mir übers Telefon sagt, ich kann nicht mehr hinausgehen, was soll ich denn tun, ich kann keinen Ort mehr betreten, immer das Gefühl, dass mir einer ein Bein stellt, aber nicht, um jemandem vor die Füße zu fallen, der ankommen will und fortreisen, sobald der Wind nach Osten weht. Reisen wir zusammen fort? Wollen wir alles lassen, und du mich, ich dich? Hanna tritt vor das Fenster, streicht ihr Haar hinter das Ohr, leichter Wirbel von Flocken, wird noch einmal etwas anfangen, und was tun mit dem, was nicht und niemals zu beenden ist. Den Umschlag zukleben und ihn zwischen die Gitterstäbe stoßen, ein Kiesel und ganz den Windungen der Gänge überlassen, der Kraft des Stoßes. Kein Handlauf an der Wand, nach dem er greifen könnte, wozu auch. Hanna schließt die Augen und dreht sich um. Lea löst ihren Schal vom Hals, faltet ihn zusammen und bindet ihn um Hannas Augen, magst du dich umsehen, sieh dich ruhig um. Hanna zieht ihre Schultern hoch, den Bauch ein, alles zusammen zu einem kleinen, tiefen Punkt. Sie streckt ihre Arme aus, winkelt sie ab, tastet, rudert, schiebt die Wände weg, die sich um sie schließen. Lea lehnt sich an die Tür an der Rückwand des Zimmers, bist du A, B oder C, einer von den Auftraggebern, die sich aufplustern, während sie mich zum Verstummen bringen, mit ihrer jämmerlichen Katze, das einzige, was sich rund um sie bewegen darf. Hanna setzt Schritt um Schritt, hin zum Regal an der rechten Wand, bleibt stehen, macht ihre

Hände wieder zu einem Brett, beugt sich vor und hält sie, ganz geöffnet, Lea hin. Lea stellt einen Fuß in Hannas Hände, und zieht, als ob sie die Sprosse einer Leiter bildeten, den andern nach. Sie umklammert das oberste Regalfach wie eine Ertrinkende den Ring, den man ihr entgegenwirft. Schieben wir einen vom Staub bedeckten Satz in das Geschwätz, in dem wir uns verlieren! Wenn wir uns darin wenigstens verlieren könnten! Siehst du ein paar Worte, die dir den Arm hinaufrollen, rund um den Nacken kreisen, Windhauch, und immer woandershin wehen, knapp überm Boden, über Wirbeln im Strom. Ich mag mich so gerne auflösen darin, eine neue Form gewinnen. Lea springt zu Boden, Hanna seufzt, drückt ihren Rücken gegen die Regalwand und eine Hand auf das Herz. Klopft es schneller, zu schnell? Fragt Lea das? Zieht Lea den Knoten enger an dem Schal um Hannas Augen? Der Himmel verfärbt sich, Hanna, irgendein Leuchten durch die graue Wand, die Tauben picken sich die Schnäbel wund. Lea umfasst Hanna um die Mitte, dahin und dorthin fliegt das Bein, der Arm, die Hand, schöner Hampelmann du, beweg dich. Hanna zieht sich den Schal von den Augen, reibt sie und dann, mit den Fingerspitzen, die Tränen in die Wangen. Bitte Lea, sei still. Sie geht zum Tisch und legt den Kopf in die Hände, sie nimmt ein Buch, schlägt es auf und geht die Zeilen entlang. Sie hockt sich an einem Flussufer nieder, nimmt einen Stein zwischen die Finger und lässt ihn um ihr Aug wandern. Was dann wohl die Tage wären, wenn wir sie hier ins Wasser legten, vorsichtig, mit Bedacht, und dann werfen, und sie springen übermütig und sanft auf der glatten Fläche dahin. Hier sind wir zusammen hineingefallen, irgendwann, vor hundert Jahren, vielleicht liegt es noch länger zurück, vielleicht weniger lang, und herausgefischt haben wir uns selber. Die Blätter an den Bäumen lachen so fröhlich, sie lachen uns trocken, damit später niemand bemerkt, dass wir im Wasser waren. Und dann tauchen wir zusammen unter die Decke, und ich erzähle dir ein Märchen mit Erlösung am Ende, irgendwann schlafen wir ein, und aus dem Dunkel tritt eine Fingerspitze, die uns das Härchen aus dem Aug fischt, diesen Schwung, mit dem wir über alle Hügel, über alle Meere kommen. Hanna schiebt das Buch zur Seite und nimmt ein Blatt aus der Schublade, einen Bleistift in die Hand. Sie zeichnet Kreise darauf, ineinander gelegte, sich bis zu einem Punkt verjüngende Kreise, Ringe, in die sie einen Brief schreibt, Worte, die in labyrinthischen Bahnen voneinander fort und zueinander hin laufen, an der Mitte immer knapp vorbei. Liebe Lea, weißt du, warum es so schwer ist, sich zu verabschieden, weißt du, woher die Angst kommt, bei jedem Schritt, den ich fortgehe, um irgendwann wieder da zu sein. Am Ende fängt mich etwas ein, holt mich etwas zurück, und ich lande an einem Ort, um den herum sich alles dreht, anders als gestern, anders als vor einer Stunde. Bin ich zu schwach? Ist in mir alles nur halb entschieden? Ich erschrecke so sehr, wenn ich dich da sitzen sehe und den Satz hinunterschlucken höre, mit ganz verquollenen Augen und dann den Kopf in den Armen, bleib du aber da, sagst du, geh du aber nicht fort. Und diese eine Nacht bleibe ich, und andere Nächte auch noch, aber als ich dich Tage später treffe, läufst du an mir vorbei – die Pfeile an den Wänden wenden sich gegen mich, Hanna, siehst du, fühlst du; war es das? –, und ich schaue dir nach, und mir schwindelt plötzlich. Ich laufe die Treppe hinauf, sehe alles doppelt und dreifach und eigentlich gar nichts mehr, und auf dem Nachhauseweg sagt etwas in mir *nein*, jetzt soll ein Ende sein. Die Tür zu, und wenn ich nicht anders kann, stemme ich mich von innen dagegen, mit dem Blick zum Fenster, damit der Hügel am Horizont mir eine Geschichte von Füßen erzählt, die weit tragen. Aber dann sagen die Augen in der Scheibe, bitte dreh dich noch einmal nach mir um. Irgendwann, später vielleicht. Lieben Gruß, Hanna.

XXVIII.

Ich werde eine Reise antreten, Hanna, und dir Sand mitbringen, für jeden Tag ein Korn. Rio legt von innen die Hände auf die Glastür, mit weit auseinandergespreizten Fingern, und den Kopf an die Scheibe. Eine Reise antreten, eine Reise antreten, und zusehen, wie die Welle meinen Boden frisst, und tiefer sinken. Er dreht sich um, nimmt Hannas Hand, ihre Finger, und fährt mit ihnen um sein linkes Auge, die Wange hinunter zum Kinn, wie damals, nicht wahr, Hanna. Hannas Gesicht wird immer heller, als ob nichts als Schatten um sie wäre, Nacht, mitten im Tag. Sie blickt Rio an wie früher, drei Stufen auf einmal nehmen und hinauf laufen, an die Tür klopfen, aus den Schuhen schlüpfen, aus dem Mantel, nie hast du ausgeschaut wie in diesem Augenblick, zum Fenster gehen, schau, was sich öffnet, schön. Hanna spannt die Arme an, greift nach Rios Händen und drückt ihn weg, und dann sich hinlegen, auf die Decke, den Boden, und alles geschehen lassen, alles. Rio nimmt Hanna in die Arme, hebt sie hoch, setzt sie ab, hebt sie hoch, setzt sie ab. Ich werde, als ob nichts geschehen wäre, die Tür öffnen, das Fenster, die Bücher aus der Tasche nehmen und den Kalender, den Kopf in die Arme legen, seufzen, mich fragen, wohin es dich verschlagen hat, ob du noch da sitzt, mit den angezogenen Knien, dem Kinn darauf, und immer von vorne anfängst mit unserer Geschichte. Bitte erzähl sie mir noch einmal, Hanna! Bitte erzähl sie mir noch einmal, Rio! Hanna legt die Finger auf den Mund und geht auf Zehenspitzen durchs Zimmer, mit leicht hochgezogenen Schultern, nur nicht vertrieben werden. Komm, spielen wir einander die Anfangsszene vor, sieh her, pass auf! Ich bin schon da, sitze auf der Bank, rühre den Zucker um im Tee, lese in dem aufgeschlagenen Buch vor mir, während du auf mich zukommst, dich hinsetzt, das Buch zuschlägst und sagst, heute reden wir nicht darüber, sondern über uns. Du senkst den Blick, nicht wahr, immer, wenn du etwas wünschst, senkst du den Blick, und schweigst dann. Warum gräbst du die Erde mit einem Löffelchen auf und gebrauchst nicht deine Hände dazu, weißt du noch? Der Teppich schluckt die Schritte im Zimmer, nein, nicht im Zimmer, sondern in dieser großen Halle, mit dem stets offenen Tor einerseits, dem begrünten Hof andererseits, warte einen Augenblick, ich setz mich neben dich, nur, um dich besser zu hören. Rio geht auf Zehenspitzen, legt sich hin, rollt sich zusammen, bis die Knie fast die Stirn berühren, diese Stirn, deren Furchen du nachzeichnest, dann und wann und immer wieder. Hanna schmiegt sich an, atmet leise und leicht, schließt die Augen, flüstert etwas kaum Hörbares, flüstert wie die Blätter, zu denen die Finger laufen, nachts, und die Zehen. Lass uns die Schachteln öffnen, die Schubladen, die Ritzen in der Wand, lass uns von den Worten nippen. Auf das Warten! Auf das Leben der in den Boden gestampften Sätze! Auf das Leben der gelöschten Buchstaben! Auf den fehlenden Schwung und auf das, was er uns gab! Rios Schultern zucken, weint er, lacht er? Hanna streicht ihm übers Haar, das Ohr, küsst Rios Nacken, vergräbt das Gesicht in seinem Rücken, dreht sich jäh weg, verschränkt die Arme unterm Kopf und stiert zur Decke. Wie ging es weiter, wie verliefen sich meine Fragen an dich, und wo? Hanna rüttelt Rio, zuerst zart, dann heftiger. Während ich das Buch zuklappte vor deinen Augen, habe ich gesagt, dein Schwanken gefährdet mich, ich werde mir ungewisser, verstehst du. Aber Hanna, liebe Hanna, wie könnten wir uns sicher sein, wie denn? Rio springt auf, nähert sich der Treppe, setzt sich auf die unterste Stufe, aber hier kann uns nichts passieren, hier, solang deine Ladentür nicht ins Schloss fällt, einmal und für immer. Das Floß treibt aufs Meer hinaus, eben noch rufst du etwas, ich habe Angst, und mit der Angst geht's auf die Horizontlinie zu, schwebende Zeile. Da wolltest du hin, nicht wahr, Hanna, dahin geht's, wenn's nirgendwo hingeht. Hanna richtet sich auf, setzt drei Schritte zum Tisch, zieht aus der Schublade einen großen Bogen weißen Papiers und streift ihn am Boden glatt. Rio zieht die Jacke aus und legt sich aufs Papier, Arme und Beine leicht abwinkeln, die Augen schließen, die Bilder auftauchen lassen und fortziehen. Hanna küsst Rios Mund, deine Luft trinken, deinen Schlaf, dein Vergessen, sie öffnet Rios Hand und schreibt mit den Fingerkuppen einen Satz hinein. Schläft Rio schon? Schläft Rio schon längst? Betrat er einmal wach das Zimmer? Sie nimmt einen blauen Farbstift und zieht sacht Rios Konturen nach, Kopf, Hals, Arme, Hände, Rumpf, Beine, Füße, danke für alles. Dann kramt sie in der Schublade nach einer alten Feder, nach einem Tintenfass, wenn schon, dann mit allem, was zu nichts mehr nütze ist, von vorne beginnen. Lieber Rio, schreibt sie in seine Umrisse, anfangs dachte ich, es käme auf die verwegenen Bahnen an, sagt man das so, die dazwischen fließen. Auf die Geländer überm Strom, auf das Vibrieren des Bodens unter uns und den Unrat, der auftaucht. Ich war sehr töricht, welches Wort, sagst du, ja, welches Wort, antworte ich, ich war sehr aufmerksam, eine aufmerksam Hörende. Irgendetwas war schon da, vorher schon, etwas Festes, Starkes und Leichtes, und dann etwas, das mit solcher Dringlichkeit, solchem Druck fehlte und ausblieb. Glaub mir, das kann dich fast umwerfen, ausheben. Die Worte schreiben sich so einfach hin, sogar die hier: ich weiß immer weniger von mir, manchmal bin ich nur noch ein Gespenst, wenn du mich streifst, ohne mich zu erkennen, nicht einmal mehr ein Gruß. Ich weiß nicht, was geschehen ist, aber es erinnert mich daran, dass ich einmal als Kind bei brütender Mittagshitze mit geschlossenen Augen den Berg hinunter ging, vorsichtig sicherer werden in dem Dunkel, mit dem ich mich bewege, blutende Lippen, eine blutende Nase, die schnell verheilen und keine Narbe zurücklassen. Hörst du jetzt auch Herrn Emm freundlich lachen? Hanna, ein schöner Lebenstraum ist das, aber mittlerweile wissen Sie doch –? Nicht wahr, Sie wissen doch jetzt? – Keine Angst, Herr Emm, ich weiß jetzt wirklich alles! Ich weiß, dass die Tage kommen und gehen, dass sich die Schatten um die Mittagszeit verflüchtigen, was sehr unheimlich ist. Geben wir nicht zuviel auf die Sonne! – Hanna, jetzt werden Sie mir bloß nicht zu weise! Vergessen Sie es! – Verzeih, Rio, verzeih, dass ich nicht weiß, was du mir verzeihen sollst. Lieben Gruß, Hanna. Hanna streicht über die Buchstaben, als ob sie Rios Gesicht wären. Sie rollt den Bogen Papier zusammen, öffnet die Tür, bleibt auf der Schwelle stehen und späht durch die Rolle hinaus auf die Straße, dreht sie nach unten, zu den Tauben, nach oben, zu den Dächern, zum Himmel, zur Sonne. Hannas Schultern zucken, sie reibt sich die Augen, und die Tür lässt sie offen, während sie zurückgeht und mit dem Papier die Regale streift, die Buchrücken, und dabei ein wenig Staub aufscheucht. Angekommen an der Rückwand des Zimmers, hält sie die Rolle an das Ohr und stützt sie an der Wand ab. Sie schließt die Augen, und die Falte dazwischen wird weicher und weicher. Die Haut über den Backenknochen entspannt sich, und Hanna lacht. Hört sie etwas? Die Zugräder, die bis ans Ende der Welt fahren, deine Stimme, wenn sie *komm* sagt, den Wind, der ihr gleich Sand ins Zimmer streut?

Zitate dazwischen von:

Ilse Aichinger, Fjodor Dostojewski, Maurice Blanchot, Robert Walser, Ilse Aichinger, Franz Kafka, Zygmunt Haupt

Und, in den Text gestreut, von:

Joachim Ringelnatz, Edmond Jabès, Friederike Mayröcker, Robert Walser, Virginia Woolf

Die Arbeit an diesem Buch wurde gefördert durch das Adalbert-Stifter-Stipendium des Landes Oberösterreich und den Abraham-Woursell-Award.

Umschlag: & Co www.und-co.at
Satz: AD
Druck: Finidr s. r. a.
ISBN 978-3-85420-738-2

Von diesem Buch gibt es 10 numerierte und mit einem Autograph der Autorin versehene Vorzugsausgaben, Informationen dazu beim Verlag.

Literaturverlag Droschl Alberstraße 18 A-8010 Graz
www.droschl.com